這句話

| 이거 한국어로 어떻게 말해요 |

韓語怎麼說

韓文字是由基本母音、基本子音、複合母音、氣音和硬音所構成。

其組合方式有以下幾種：

1.子音加母音，例如：저(我)
2.子音加母音加子音，例如：밤（夜晚）
3.子音加複合母音，例如：위（上）
4.子音加複合母音加子音，例如：관（官）
5.一個子音加母音加兩個子音，如：값（價錢）

簡易拼音使用方式：

1. 為了讓讀者更容易學習發音，本書特別使用「簡易拼音」來取代一般的羅馬拼音。
   規則如下，
   例如：
   그러면 우리 집에서 저녁을 먹자.
   geu.reo.myeon/u.ri/ji.be.seo/jeo.nyeo.geul/meok.jja
   ----------普遍拼音
   geu.ro*.myo*n/u.ri/ji.be.so*/jo*.nyo*.geul/mo*k.jja
   ------------簡易拼音
   那麼，我們在家裡吃晚餐吧！

   文字之間的空格以「/」做區隔。
   不同的句子之間以「//」做區隔。

基本母音：

002

	韓國拼音	簡易拼音	注音符號
ㅏ	a	a	ㄚ
ㅑ	ya	ya	ㄧㄚ
ㅓ	eo	o*	ㄛ
ㅕ	yeo	yo*	ㄧㄛ
ㅗ	o	o	ㄡ
ㅛ	yo	yo	ㄧㄡ
ㅜ	u	u	ㄨ
ㅠ	yu	yu	ㄧㄨ
ㅡ	eu	eu	(ㄜ)
ㅣ	i	i	ㄧ

特別提示：

1. 韓語母音「ㅡ」的發音和「ㄜ」發音有差異，但嘴型要拉開，牙齒快要咬住的狀態，才發得準。
2. 韓語母音「ㅓ」的嘴型比「ㅗ」還要大，整個嘴巴要張開成「大O」的形狀，
「ㅗ」的嘴型則較小，整個嘴巴縮小到只有「小o」的嘴型，類似注音「ㄡ」。
3. 韓語母音「ㅕ」的嘴型比「ㅛ」還要大，整個嘴巴要張開成「大O」的形狀，
類似注音「ㄧㄛ」，「ㅛ」的嘴型則較小，整個嘴巴縮小到只有「小o」的嘴型，類似注音「ㄧㄡ」。

基本子音：

003

	韓國拼音	簡易拼音	注音符號
ㄱ	g,k	k	ㄎ
ㄴ	n	n	ㄋ
ㄷ	d,t	d,t	ㄊ
ㄹ	r,l	l	ㄌ
ㅁ	m	m	ㄇ
ㅂ	b,p	p	ㄆ
ㅅ	s	s	ㄙ,(ㄒ)
ㅇ	ng	ng	不發音
ㅈ	j	j	ㄗ
ㅊ	ch	ch	ㄘ

特別提示：

1. 韓語子音「ㅅ」有時讀作「ㄙ」的音，有時則讀作「ㄒ」的音。「ㄒ」音是跟母音「ㅣ」搭在一塊時，才會出現。
2. 韓語子音「ㅇ」放在前面或上面不發音；放在下面則讀作「ng」的音，像是用鼻音發「嗯」的音。
3. 韓語子音「ㅈ」的發音和注音「ㄗ」類似，但是發音的時候更輕，氣更弱一些。

氣音：

004

	韓國拼音	簡易拼音	注音符號
ㅋ	k	k	ㄎ
ㅌ	t	t	ㄊ
ㅍ	p	p	ㄆ
ㅎ	h	h	ㄏ

特別提示:

1. 韓語子音「ㅋ」比「ㄱ」的較重，有用到喉頭的音，音調類似國語的四聲。
   ㅋ＝ㄱ＋ㅎ
2. 韓語子音「ㅌ」比「ㄷ」的較重，有用到喉頭的音，音調類似國語的四聲。
   ㅌ＝ㄷ＋ㅎ
3. 韓語子音「ㅍ」比「ㅂ」的較重，有用到喉頭的音，音調類似國語的四聲。
   ㅍ＝ㅂ＋ㅎ

複合母音：

005

	韓國拼音	簡易拼音	注音符號
ㅐ	ae	e*	ㄝ
ㅒ	yae	ye*	ㄧㄝ
ㅔ	e	e	ㄟ
ㅖ	ye	ye	ㄧㄟ
ㅘ	wa	wa	ㄨㄚ
ㅙ	wae	we*	ㄨㄝ
ㅚ	oe	we	ㄨㄟ
ㅞ	we	we	ㄨㄟ
ㅝ	wo	wo	ㄨㄛ
ㅟ	wi	wi	ㄨㄧ
ㅢ	ui	ui	ㄜㄧ

特別提示：

1. 韓語母音「ㅐ」比「ㅔ」的嘴型大，舌頭的位置比較下面，發音類似「ae」；「ㅔ」的嘴型較小，舌頭的位置在中間，發音類似「e」。不過一般韓國人讀這兩個發音都很像。
2 .韓語母音「ㅒ」比「ㅖ」的嘴型大，舌頭的位置比較下面，發音類似「yae」；「ㅖ」的嘴型較小，舌頭的位置在中間，發音類似「ye」。不過很多韓國人讀這兩個發音都很像。
3. 韓語母音「ㅚ」和「ㅞ」比「ㅙ」的嘴型小些，「ㅙ」的嘴型是圓的；「ㅚ」、「ㅞ」則是一樣的發音。不過很多韓國人讀這三個發音都很像，都是發類似「we」的音。

硬音：

006

	韓國拼音	簡易拼音	注音符號
ㄲ	kk	g	ㄍ
ㄸ	tt	d	ㄉ
ㅃ	pp	b	ㄅ
ㅆ	ss	ss	ㄙ
ㅉ	jj	jj	ㄗ

特別提示：

1. 韓語子音「ㅆ」比「ㅅ」用喉嚨發重音，音調類似國語的四聲。
2. 韓語子音「ㅉ」比「ㅈ」用喉嚨發重音，音調類似國語的四聲。

*表示嘴型比較大

Chapter.01

韓國流行語篇

Chapter.02

戀愛婚姻篇

Chapter.03
瘋狂追星篇

Chapter.04

上學上班篇

Chapter.05

上街購物篇

Chapter.06
品嚐美食篇

Chapter.07

外出搭車篇

Chapter.08

生活瑣事篇

Chapter.09

休閒運動篇

Chapter.10 時間數字篇

Chapter.11

身體器官篇

這句話
이거 한국어로 어떻게 말해요
韓語怎麼說

Chapter. 01

韓國流行語篇

| 이거 한국어로 어떻게 말해요 |

這句話
韓語怎麼說

007

대박

哇塞！

説明

原本是只使用在取得大的成功時，近來韓國人常常在驚訝時，將대박當作感嘆詞使用。

例句

그녀 피부가 완전 대박!

geu.nyo*/pi.bu.ga/wan.jo*n/de*.bak

她的皮膚真的太棒了！

날 좋아한다고? 대박!

nal/jjo.a.han.da.go//de*.bak

你說喜歡我？哇塞！

너 진짜 합격했어? 대~박~!

no*/jin.jja/hap.gyo*.ke*.sso*//de*.bak

你真的合格了？哇塞！

延伸單字

초대박　cho.de*.bak

太厲害、哇賽（比대박程度更高）

최고!

你最棒！

008

說明

최고的漢字詞是「最高」，就是最棒、最厲害、最優秀的意思喔！

例句

우리 아빠가 최고!

u.ri/a.ba.ga/chwe.go

我爸最棒！

기분이 최고다!

gi.bu.ni/chwe.go.da

心情很棒！

우리 오빠들 최고예요!

u.ri/o.ba.deul/chwe.go.ye.yo

我的哥哥們最棒！

오빠 연기는 정말 최고였어요!

o.ba/yo*n.gi.neun/jo*ng.mal/chwe.go.yo*.sso*.yo

哥哥的演技真的很棒！

009

꽃미남
花美男

説明

「꽃」是花；「미남」是美男子，近來常被用在形容臉蛋跟女生一樣漂亮的男性。

例句

오빠는 영원한 꽃미남이에요.

o.ba.neun/yo*ng.won.han/gon.mi.na.mi.e.yo

哥哥是永遠的花美男。

난 역시 꽃미남이야.

nan/yo*k.ssi/gon.mi.na.mi.ya

我果然是美男子！

대박! 이런 꽃미남 교수님도 있나요?

de*.bak//i.ro*n/gon.mi.nam/gyo.su.nim.do/in.na.yo

哇塞！也有這種美男子教授啊？

애가 무슨 꽃미남이야?

ye*.ga/mu.seun/gon.mi.na.mi.ya

他哪是什麼花美男？

엄친아

媽媽朋友的兒子

010

說明

엄친아是「엄마 친구의 아들」的略語。指媽媽們常拿來跟自己子女比較的「完美男」。

例句

그는 실은 서울대 출신의 엄친아야.

geu.neun/si.reun/so*.ul.de*/chul.si.nui/o*m.chi.na.ya

他實際上是首爾大畢業的完美男！

이제 정말 엄친아 얘기 듣기 싫어요.

i.je/jo*ng.mal/o*m.chi.na/ye*.gi/deut.gi/si.ro*.yo

現在真的不想再聽到有關完美男的事了。

그는 정말 모든 것이 완벽한 엄친아 같다.

geu.neun/jo*ng.mal/mo.deun/go*.si/wan.byo*.kan/o*m.chi.na/gat.da

他真的很像是什麼都很完美的完美男。

延伸單字

엄친딸 o*m.chin.dal

媽媽朋友的女兒、完美女

011

자뻑

自大、自戀

說明

表示自以為了不起、自大、自戀等意思。

例句

자뻑 증세가 심하시군요.

ja.bo*k/jeung.se.ga/sim.ha.si.gu.nyo

您自戀的症狀很嚴重呢！

너무 자뻑 하지 마라.

no*.mu/ja.bo*k/ha.ji/ma.ra

你不要太自大了！

이 양반 너무 자뻑이시네!

i/yang.ban/no*.mu/ja.bo*.gi.si.ne

這位先生也太自大了吧！

야! 너 공주병에 걸렸구나.

ya//no*/gong.ju.byo*ng.e/go*l.lyo*t.gu.na

ㄟ～原來你得了公主病。

뚱보

胖子

012

説明

指用來嘲弄變胖或身材肥胖的人的用語。

例句

과자들만 먹으면 뚱보가 될 수 있어.

gwa.ja.deul.man/mo*.geu.myo*n/dung.bo.ga/dwel/su/i.sso*

只吃零食，可能會變成胖子。

내 아기가 뚱보가 되는 건 싫다!

ne*/a.gi.ga/dung.bo.ga/dwe.neun/go*n/sil.ta

我不要我的孩子變成胖子。

이런 뚱보 고양이를 본 적 있어?

i.ro*n/dung.bo/go.yang.i.reul/bon/jo*k/i.sso*

你有看過這種胖貓咪嗎？

난 살을 뺐지만 여전히 뚱보였다.

nan/sa.reul/be*t.jji.man/yo*.jo*n.hi/dung.bo.yo*t.da

我雖然瘦了，但仍是胖子。

013

싸가지가 없다

沒禮貌

說明

是由「싹（芽）」一詞演變而來的用語，意指樹木或草的新芽長壞了，近來被使用在教訓他人沒教養、沒禮貌時，為一種罵人的話。

例句

이 싸가지 없는 녀석아.

i/ssa.ga.ji/o*m.neun/nyo*.so*.ga

你這沒禮貌的兔崽子！

뭐 저런 싸가지 없는 놈이 다 있어?

mwo/jo*.ro*n/ssa.ga.ji/o*m.neun/no.mi/da/i.sso*

怎麼會有那種沒教養的傢伙？

정말 싸가지가 없구나.

jo*ng.mal/ssa.ga.ji.ga/o*p.gu.na

你真得很沒禮貌耶！

그녀는 거만하고 싸가지가 없다.

geu.nyo*.neun/go*.man.ha.go/ssa.ga.ji.ga/o*p.da

她既傲慢又沒教養。

마마보이
媽寶

說明

마마보이是由「mamma's boy」一詞演變而來，意指那些沒有獨立思考能力，一味依賴媽媽的男性。

例句

아들은 마마보이로 키우지 마라.

a.deu.reun/ma.ma.bo.i.ro/ki.u.ji/ma.ra

不要把兒子養成媽寶。

그는 정말 마마보이야!

geu.neun/jo*ng.mal/ma.ma.bo.i.ya

他真的是媽寶！

마마보이 남친이랑 헤어졌다.

ma.ma.bo.i/nam.chi.ni.rang/he.o*.jo*t.da

我跟媽寶的男朋友分手了。

내가 마마보이가 아니라 효자야.

ne*.ga/ma.ma.bo.i.ga/a.ni.ra/hyo.ja.ya

我不是媽寶，而是孝子。

015

얼짱
臉蛋好看的人

說明

얼짱是「얼굴 짱」的略語，얼굴是臉的意思，짱含有最好、特佳的意思。因此얼짱被用來形容臉蛋好看的人。

例句

내 남친은 얼짱은 아니지만 몸짱이야.
ne*/nam.chi.neun/o*l.jjang.eun/a.ni.ji.man/mom.jjang.i.ya
我男朋友雖不是帥哥，但身材很好。

그는 얼짱이라서 인기가 많다.
geu.neun/o*l.jjang.i.ra.so*/in.gi.ga/man.ta
他長得帥，所以很受歡迎。

이 언니는 예쁘다. 얼짱이네.
i/o*n.ni.neun/ye.beu.da//o*l.jjang.i.ne
這位姊姊真美！是美女呢！

난 멋진 몸짱이 될 거야.
nan/mo*t.jjin/mom.jjang.i/dwel/go*.ya
我要成為帥氣的肌肉男。

얼꽝
長相醜陋的人

說明

意指長相醜陋、不佳的人。

例句

나는 얼꽝이 아니다.

na.neun/o*l.gwang.i/a.ni.da

我長相不醜。

그는 얼꽝남이야.

geu.neun/o*l.gwang.na.mi.ya

他是醜陋男。

성형 수술 받기 전에 완전 얼꽝이었어.

so*ng.hyo*ng/su.sul/bat.gi/jo*.ne/wan.jo*n/o*l.gwang.i.o*.sso*

在整型之前，長得很醜。

얼꽝녀는 얼짱녀로 변신할 수 있을까?

o*l.gwang.nyo*.neun/o*l.jjang.nyo*.ro/byo*n.sin.hal/ssu/i.sseul.ga

醜女可以變成為美女嗎？

017

쌩얼
素顏

說明

意指不戴眼鏡、也不化妝的樣子。

例句

나 화장 안 했어. 쌩얼이야.

na/hwa.jang/an/he*.sso*//sse*ng.o*.ri.ya

我沒有化妝，是素顏。

너는 쌩얼도 예뻐.

no*.neun/sse*ng.o*l.do/ye.bo*

你素顏也很好看。

쌩얼로 보이는 화장법이 있나요?

sse*ng.o*l.lo/bo.i.neun/hwa.jang.bo*.bi/in.na.yo

有看起來像是素顏的化妝法嗎？

쌩얼 사진 좀 보여 줘요.

sse*ng.o*l/sa.jin/jom/bo.yo*/jwo.yo

給我看看素顏的照片。

비번
密碼

018

說明

為「비밀번호」的略語。비밀的意思是秘密，번호的意思是號碼。

例句

금고의 비번이 뭐야?

geum.go.ui/bi.bo*.ni/mwo.ya

保險箱的密碼是什麼？

비번을 잊어버렸어요.

bi.bo*.neul/i.jo*.bo*.ryo*.sso*.yo

忘記密碼了。

와이파이 비번 좀 알려 줘요.

wa.i.pa.i/bi.bo*n/jom/al.lyo*/jwo.yo

告訴我Wi-Fi的密碼。

아이디와 비밀번호는 꼭 기억해 둬요.

a.i.di.wa/bi.mil.bo*n.ho.neun/gok/gi.o*.ke*/dwo.yo

ID和密碼一定要記住。

019

베프
最好的朋友

說明

由英文「best friend」一詞演變而來。是「베스트 프렌드」的略語。

例句

우리 베프잖아.

u.ri/be.peu.ja.na

我們是最好的朋友嘛！

내 베프를 소개합니다.

ne*/be.peu.reul/sso.ge*.ham.ni.da

我要介紹我最好的朋友。

저 베프랑 싸웠어요.

jo*/be.peu.rang/ssa.wo.sso*.yo

我跟我最好的朋友吵架了。

우리 베프가 아니야? 정말 실망이야.

u.ri/be.peu.ga/a.ni.ya//jo*ng.mal/ssil.mang.i.ya

我們不是好朋友嗎？太令人失望了。

촌닭
土包子

020

說明

촌的意思是鄉村，닭的意思是雞。촌닭用來形容土包子或土里土氣的人。

例句

왜 그런 옷 입어? 촌닭 같아.

we*/geu.ro*n/ot/i.bo*//chon.dak/ga.ta

你怎麼穿那種衣服，跟土包子一樣！

어머, 저기 촌닭 온다.

o*.mo*//jo*.gi/chon.dak/on.da

哎呀，土包子來了。

야, 촌닭! 너 음료수 좀 가지고 와.

ya//chon.dak//no*/eum.nyo.su/jom/ga.ji.go/wa

喂！土包子，你去拿飲料過來。

너 머리가 왜 이래? 완전 촌닭이야.

no*/mo*.ri.ga/we*/i.re*//wan.jo*n/chon.dal.gi.ya

你的頭髮怎麼這樣？超土的！

021

왕따
排擠、孤立

說明

指排擠、孤立的事情，或被他人排擠、孤立的人。

例句

왕따 시키지 마.
wang.da/si.ki.ji/ma
不要排擠人。

전학생이 반친구들에게 왕따를 당했어요.
jo*n.hak.sse*ng.i/ban.chin.gu.deu.re.ge/wang.da.reul/dang.he*.sso*.yo
轉學生被班上同學排擠了。

우리 아이가 왕따 당하는 이유를 알고 싶어요.
u.ri/a.i.ga/wang.da/dang.ha.neun/i.yu.reul/al.go/si.po*.yo
我想知道我家小孩被排擠的理由。

相關延伸

왕따를 당하다　wang.da.reul/dang.ha.da
被排擠、被孤立

초딩
小學生

022

說明

意指「초등학생（小學生）」。

例句

너 초딩이야? 왜 이렇게 유치해?

no*/cho.ding.i.ya//we*/i.ro*.ke/yu.chi.he*

你是小學生嗎？怎麼這麼幼稚？

너 초딩이지?

no*/cho.ding.i.ji

你是小學生對吧？

저 고딩이에요.

jo*/go.ding.i.e.yo

我是高中生。

延伸單字

고딩　go.ding

高中生（고등학생）

023

쌤
老師

說明

為「선생님（老師）」的略語。쌤用來稱呼老師時，雖帶有一點貶低的感覺，但也有對老師表示親近感的意涵。

例句

저기 쌤 온다.

jo*.gi/sse*m/on.da

老師來了。

쌤, 안녕히 계세요.

sse*m//an.nyo*ng.hi/gye.se.yo

老師再見！

우리 수학쌤은 좀 무서워요.

u.ri/su.hak.sse*.meun/jom/mu.so*.wo.yo

我們數學老師有點可怕。

延伸單字

영어쌤　yo*ng.o*.sse*m

英文老師

폭탄주

炸彈酒

024

說明

炸彈酒就是將啤酒和燒酒或啤酒和洋酒混合在一起的酒。

例句

폭탄주 문화를 비판하는 사람들이 많다.

pok.tan.ju/mun.hwa.reul/bi.pan.ha.neun/sa.ram.deu.ri/man.ta

批判炸彈酒文化的人很多。

폭탄주를 마셔 본 적이 있어요?

pok.tan.ju.reul/ma.syo*/bon/jo*.gi/i.sso*.yo

你有喝過炸彈酒嗎？

폭탄주는 어떻게 만들어요?

pok.tan.ju.neun/o*.do*.ke/man.deu.ro*.yo

怎麼調製炸彈酒？

延伸單字

소주　so.ju

燒酒

025

흑기사
護花使者

說明

흑기사的漢字詞為「黑騎士」。指在喝酒的場合中，替女人喝酒的男人。

例句

오늘 내가 흑기사 해 줄게.

o.neul/ne*.ga/heuk.gi.sa/he*/jul.ge

今天我當妳的黑騎士。

흑기사 했으니까 소원을 들어 줘야지.

heuk.gi.sa/he*.sseu.ni.ga/so.wo.neul/deu.ro*/jwo.ya.ji

我都當了護花使者，你該滿足我的要求。

나 흑장미가 필요해!

na/heuk.jjang.mi.ga/pi.ryo.he*

我需要護草使者。

延伸單字

흑장미 heuk.jjang.mi

指在喝酒的場合中，替男人喝酒的女人

놈
傢伙

026

說明

主要用來罵男性，為一種蔑稱。也使用在對小男孩的愛稱上。

例句

야! 이 놈아.

ya//i/no.ma

喂！你這小傢伙！

넌 진짜 나쁜 놈이야 .

no*n/jin.jja/na.beun/no.mi.ya

你真是渾蛋。

그 죽일놈이 어디로 도망갔지?

geu/ju.gil.lo.mi/o*.di.ro/do.mang.gat.jji

那個該死的傢伙逃跑到哪裡去了？

延伸單字

미친놈　mi.chin.nom

瘋子

027

년

ㄚ頭、娘們

說明

主要用來罵女性，為一種蔑稱。也使用在對小女孩的愛稱上。

例句

저 망할년 저기 오네.

jo*/mang.hal.lyo*n/jo*.gi/o.ne

那個臭ㄚ頭來了呢！

아이고, 이년아!

a.i.go//i.nyo*.na

唉呦！你這ㄚ頭！

닥쳐! 이 미친년아!

dak.cho*//i/mi.chin.nyo*.na

閉嘴！你這瘋娘們！

延伸單字

나쁜년　na.beun.nyo*n

壞ㄚ頭

새끼
小畜生、崽子

說明

原本指動物的幼崽，如果用來形容人，就變成罵人的話了。

例句

참 불쌍한 고양이 새끼군요.
cham/bul.ssang.han/go.yang.i/se*.gi.gu.nyo
真是可憐的貓咪幼崽！

저 개새끼들은 반성 좀 해야돼.
jo*/ge*.se*.gi.deu.reun/ban.so*ng/jom/he*.ya.dwe*
那些狗崽子應該要反省一下。

너 이 새끼 방금 뭐라 그랬어?
no*/i/se*.gi/bang.geum/mwo.ra/geu.re*.sso*
你這渾蛋你剛說什麼？

延伸單字

나쁜 새끼　na.beun/se*.gi
壞傢伙

029

바보

笨蛋、傻瓜

說明

用來形容智商不足或愚蠢的人，一種罵人的話。

例句

너 바보야?

no*/ba.bo.ya

你是笨蛋嗎？

왜 그런 바보같은 짓을 해?

we*/geu.ro*n/ba.bo.ga.teun/ji.seul/he*

你為什麼要做那種蠢事？

나 참 바보 같지?

na/cham/ba.bo/gat.jji

我真的是笨蛋，對吧？

延伸單字

등신　deung.sin

笨蛋、傻瓜

개뿔

030

狗屁、鬼扯

說明

指無關緊要、微不足道的事。常用在以輕蔑的態度來看待某事時。

例句

개뿔같은 소리하고 있네.

ge*.bul.ga.teun/so.ri.ha.go/in.ne

你正在鬼扯耶！

이 무슨 개뿔같은 영화인가?

i/mu.seun/ge*.bul.ga.teun/yo*ng.hwa.in.ga

這是什麼狗屁電影？

會話

A：너 유학 가?

no*/yu.hak/ga

你去留學嗎？

B：유학은 무슨 개뿔, 그런 돈이 어디 있어?

yu.ha.geun/mu.seun/ge*.bul//geu.ro*n/do.ni/o*.di/i.sso*

什麼狗屁留學，我哪有那些錢？

031

재벌2세
富二代

說明

재벌的漢字詞是「財閥」，意思是財團。세的漢字詞是「世」，2세就是「二代」。

例句

나도 재벌과 결혼하고 싶다.

na.do/je*.bo*l.gwa/gyo*l.hon.ha.go/sip.da

我也想跟財團結婚。

혹시 재벌2세예요?

hok.ssi/je*.bo*.ri.se.ye.yo

你該不會是富二代吧？

우리 부장님은 꽃미남 재벌2세네요.

u.ri/bu.jang.ni.meun/gon.mi.nam/je*.bo*.ri.se.ne.yo

我們部長是花美男富二代呢！

나도 재벌이었으면 좋겠어요.

na.do/je*.bo*.ri.o*.sseu.myo*n/jo.ke.sso*.yo

希望我也是財團。

오버하다

過份、誇張

032

說明

오버的語源是英語的「over」。오버하다用來形容過份的行為或言語。

例句

그건 좀 오버다.

geu.go*n/jom/o.bo*.da

那有點誇張。

야! 너 오버하지 마.

ya//no*/o.bo*.ha.ji/ma

喂！你不要誇張了。

너무 오버한 것 같다.

no*.mu/o.bo*.han/go*t/gat.da

好像太誇張了。

너무 오버해서 죄송해요.

no*.mu/o.bo*.he*.so*/jwe.song.he*.yo

對不起我太誇張了。

033

끝내주다

棒極了

說明

表示很棒、很厲害。

例句

치즈 맛이 정말 끝내주네!

chi.jeu/ma.si/jo*ng.mal/geun.ne*.ju.ne

起司的味道真的太棒了！

우리 기숙사 야경이 끝내준다.

u.ri/gi.suk.ssa/ya.gyo*ng.i/geun.ne*.jun.da

我們宿舍的夜景很棒！

아! 이 라면 국물은 죽인다.

a//i/ra.myo*n/gung.mu.reun/ju.gin.da

啊！這泡麵的湯頭太棒了！

延伸單字

죽이다　ju.gi.da

棒極了

국물도 없다

034

休想

說明

국물是指「湯水」，없다是「沒有」，意思是就連湯水也沒有，表示「撈不到任何好處」。

例句

이번에만 봐 준다. 다음번에는 국물도 없다.

i.bo*.ne.man/bwa/jun.da//da.eum.bo*.ne.neun/gung.mul.do/o*p.da

這次原諒你，但下次休想我會再原諒你。

너 까불면 국물도 없어!

no*/ga.bul.myo*n/gung.mul.do/o*p.sso*

你搗蛋的話，就什麼都別想要！

會話

A：미안합니다. 늦었습니다.

mi.an.ham.ni.da//neu.jo*t.sseum.ni.da

對不起，我來晚了。

B：야! 너 다음에 또 늦으면 국물도 없다.

ya//no*/da.eu.me/do/neu.jeu.myo*n/gung.mul.do/o*p.da

喂！你下次再遲到，你什麼都沒有。

035

뻥치다
騙人、撒謊

說明

　　뻥치다是比「거짓말을 하다（說謊）」更低級、庸俗的講法。

例句

뻥치네.

bo*ng.chi.ne

你在騙人啊？

그거 다 뻥이지?

geu.go*/da/bo*ng.i.ji

那都是騙人的吧？

會話

A：나 어제 고백 받았어.

na/o*.je/go.be*k/ba.da.sso*

我昨天被告白了。

B：못 믿어! 뻥치지 마.

mot/mi.do*//bo*ng.chi.ji/ma

我不信！你別騙人！

쪽팔리다
丟臉

036

說明

為창피하다（丟臉、慚愧）的俗話，表示「丟臉、有失面子」。

例句

정말 쪽팔려 죽겠다.

jo*ng.mal/jjok.pal.lyo*/juk.get.da

真的丟臉死了。

아! 어떡해? 나 지금 너무 쪽팔려.

a//o*.do*.ke*//na/ji.geum/no*.mu/jjok.pal.lyo*

啊！怎麼辦？我現在超丟臉的。

會話

A：야, 너 괜찮아? 다리는 왜 다쳤어?

ya//no*/gwe*n.cha.na//da.ri.neun/we*/da.cho*.sso*

喂！你沒事吧？腿怎麼受傷了？

B：길에서 넘어졌어. 아이, 쪽팔려.

gi.re.so*/no*.mo*.jo*.sso*//a.i//jjok.pal.lyo*

在路上跌倒了，啊～好丟臉！

037

짝퉁
假貨、山寨

說明

為俗語，表示「仿冒品、假貨」。

例句

이거 짝퉁이지만 질이 좋아요.

i.go*/jjak.tung.i.ji.man/ji.ri/jo.a.yo

這雖是假貨，但品質不錯。

어떤 게 진품이고, 어떤 게 짝퉁이에요?

o*.do*n/ge/jin.pu.mi.go//o*.do*n/ge/jjak.tung.i.e.yo

哪些是真品，哪些是假貨？

會話

A：이거 어디서 샀어? 명품이네. 얼마야?

i.go*/o*.di.so*/sa.sso*//myo*ng.pu.mi.ne//o*l.ma.ya

這個你在哪裡買的？是名牌耶！多少錢啊？

B：진품이 아니야. 짝퉁이야.

jin.pu.mi/a.ni.ya//jjak.tung.i.ya

那不是真貨，是仿冒品。

열을 받다

氣人、惱火

038

說明

열是指「熱」，받다是「收到、得到」，意思是受熱，表示「心裡冒火、氣死了」。

例句

오늘 짜증나고 열 받아.

o.neul/jja.jeung.na.go/yo*l/ba.da

今天又煩又氣的。

오늘 참 재수 없었어. 열 받아.

o.neul/cham/je*.su/o*p.sso*.sso*//yo*l/ba.da

今天真倒楣。氣死我了。

너무 열 받지 마.

no*.mu/yo*l/bat.jji/ma

別太生氣了！

너 진짜 사람을 열 받게 하네.

no*/jin.jja/sa.ra.meul/yo*l/bat.ge/ha.ne

你真的很讓人生氣耶！

039

당근이지
那當然

說明

「당근」原本的意思是「紅蘿蔔」。現在被年輕人用來表示「當然」的流行語。

會話一

A：너도 선배 결혼식에 갈 거야?

no*.do/so*n.be*/gyo*l.hon.si.ge/gal/go*.ya

你也會參加前輩的結婚典禮嗎？

B：당근이지! 난 무조건 간다!

dang.geu.ni.ji//nan/mu.jo.go*n/gan.da

那當然，我一定會去！

會話二

A：내일 나 이사하는 걸 좀 도와 줄래?

ne*.il/na/i.sa.ha.neun/go*l/jom/do.wa/jul.le*

明天我搬家，你要來幫忙嗎？

B：당근이지! 미연이가 부탁하는데 당연히 들어 줘야지.

dang.geu.ni.ji//mi.yo*.ni.ga/bu.ta.ka.neun.de/dang.yo*n.hi/deu.ro*.jwo.ya.ji

那當然！美妍你都開口拜託了，當然要幫囉！

Chapter. 02

戀愛婚姻篇

| 이거 한국어로 어떻게 말해요 |

這句話
韓語怎麼說

040

애인

愛人

例句

누구야! 새 애인이야?

nu.gu.ya//se*/e*.i.ni.ya

是誰啊？新的愛人？

나도 애인이 있었으면 좋겠다.

na.do/e*.i.ni/i.sso*.sseu.myo*n/jo.ket.da

希望我也有愛人。

會話

A：애인 있어?

e*.in/i.sso*

你有情人嗎？

B：없는데 오빠가 소개해 줘.

o*m.neun.de/o.ba.ga/so.ge*.he*/jwo

沒有，哥哥你介紹給我吧。

延伸單字

연인 사이　yo*.nin/sa.i

戀人的關係

여자친구
女朋友

041

例句

나는 여자친구가 생겼어요.
na.neun/yo*.ja.chin.gu.ga/se*ng.gyo*.sso*.yo
我有女朋友了。

전 여자친구를 못 잊어요.
jo*n/yo*.ja.chin.gu.reul/mot/i.jo*.yo
我忘不了前女友。

여자친구랑 헤어졌어요.
yo*.ja.chin.gu.rang/he.o*.jo*.sso*.yo
跟女朋友分手了。

내 여친은 예쁘지?
ne*/yo*.chi.neun/ye.beu.ji
我女朋友很漂亮吧？

延伸單字

남자친구　nam.ja.chin.gu
男朋友

042

사귀다

交往、結交

例句

우리 사귀자!

u.ri/sa.gwi.ja

我們交往吧！

남자친구를 사귀고 싶어요.

nam.ja.chin.gu.reul/ssa.gwi.go/si.po*.yo

我想交男朋友。

지금 사귀는 사람 있어요?

ji.geum/sa.gwi.neun/sa.ram/i.sso*.yo

你現在有交往的對象嗎？

친구를 많이 사귀었어요.

chin.gu.reul/ma.ni/sa.gwi.o*.sso*.yo

交了很多朋友。

그런 남자를 사귀지 마!

geu.ro*n/nam.ja.reul/ssa.gwi.ji/ma

別跟那種男生交往。

첫사랑

初戀

043

例句

첫사랑은 언제예요?

cho*t.ssa.rang.eun/o*n.je.ye.yo

你的初戀是什麼時候啊？

내 첫사랑은 대학교 때예요.

ne*/cho*t.ssa.rang.eun/de*.hak.gyo/de*.ye.yo

我的初戀是大學的時候。

지금까지도 첫사랑을 못 잊어요.

ji.geum.ga.ji.do/cho*t.ssa.rang.eul/mot/i.jo*.yo

直到現在也忘不了初戀。

첫사랑이 그리워요.

cho*t.ssa.rang.i/geu.ri.wo.yo

我想念初戀。

우연히 첫사랑을 만났어요.

u.yo*n.hi/cho*t.ssa.rang.eul/man.na.sso*.yo

偶然遇見了初戀。

044

짝사랑

暗戀、單相思

例句

짝사랑은 고통스런 것이다.

jjak.ssa.rang.eun/go.tong.seu.ro*n/go*.si.da

暗戀是痛苦的事。

짝사랑을 해 본 적이 있어요?

jjak.ssa.rang.eul/he*/bon/jo*.gi/i.sso*.yo

你有暗戀過人嗎？

짝사랑 하는 사람이 있어요.

jjak.ssa.rang/ha.neun/sa.ra.mi/i.sso*.yo

我有暗戀的人。

짝사랑만 하지 말고 가서 고백해요.

jjak.ssa.rang.man/ha.ji/mal.go/ga.so*/go.be*.ke*.yo

不要只是暗戀，快去告白吧。

짝사랑은 사랑이 아니다.

jjak.ssa.rang.eun/sa.rang.i/a.ni.da

暗戀不是愛情。

첫눈에 반하다
一見鍾情

045

例句

그녀에게 첫눈에 반했다.

geu.nyo*.e.ge/cho*n.nu.ne/ban.he*t.da

我對她一見鍾情。

첫눈에 반해 본 적 있으세요?

cho*n.nu.ne/ban.he*/bon/jo*k/i.sseu.se.yo

你曾經一見鍾情過嗎？

그의 외모가 인상적이었다.

geu.ui/we.mo.ga/in.sang.jo*.gi.o*t.da

他的外表令人印象深刻。

그녀는 정말 매력적이야.

geu.nyo*.neun/jo*ng.mal/me*.ryo*k.jjo*.gi.ya

她真的很有魅力。

너에게 반했어.

no*.e.ge/ban.he*.sso*

我愛上你了。

046

좋아하다
喜歡

例句

어떤 남자를 좋아해요?

o*.do*n/nam.ja.reul/jjo.a.he*.yo

你喜歡什麼樣的男生？

난 그 사람을 안 좋아해요.

nan/geu/sa.ra.meul/an/jo.a.he*.yo

我不喜歡他。

너를 많이 좋아해.

no*.reul/ma.ni/jo.a.he*

我很喜歡你。

난 좋아하는 여자가 있어요.

nan/jo.a.ha.neun/yo*.ja.ga/i.sso*.yo

我有喜歡的女人了。

延伸單字

싫어하다　si.ro*.ha.da

討厭

사랑

愛

047

例句

사랑해요. 나랑 사귈래요?

sa.rang.he*.yo//na.rang/sa.gwil.le*.yo

我愛你，你願意跟我交往嗎？

오빠 사랑하는 사람 있어요?

o.ba/sa.rang.ha.neun/sa.ram/i.sso*.yo

哥你有愛人嗎？

널 사랑하면 안 될까?

no*l/sa.rang.ha.myo*n/an/dwel.ga

我不可以愛你嗎？

당신이 정말 나를 사랑해요?

dang.si.ni/jo*ng.mal/na.reul/ssa.rang.he*.yo

你真的愛我嗎？

사랑한다고 말해요.

sa.rang.han.da.go/mal.he*.yo

說你愛我。

048

연애중

戀愛中

例句

보고 싶어 죽겠어.

bo.go/si.po*/juk.ge.sso*

我想死你了。

우리 내일 데이트하자.

u.ri/ne*.il/de.i.teu.ha.ja

我們明天約會吧！

널 안아보고 싶어.

no*l/a.na.bo.go/si.po*

我想抱抱你。

당신은 나의 전부다.

dang.si.neun/na.ui/jo*n.bu.da

你是我的一切。

나 이제는 당신없이는 못 살 것 같아요.

na/i.je.neun/dang.si.no*p.ssi.neun/mot/sal/go*t/ga.ta.yo

我現在沒有你，好像活不下去。

뽀뽀

親親、親嘴

049

例句

뽀뽀해 줘요.

bo.bo.he*/jwo.yo

親親我！

영석아, 엄마랑 뽀뽀하자.

yo*ng.so*.ga//o*m.ma.rang/bo.bo.ha.ja

榮碩啊，跟媽媽親親吧。

한 번만 뽀뽀해 주면 안 돼?

han/bo*n.man/bo.bo.he*/ju.myo*n/an/dwe*

你不能親親我嗎？

키스해 봤어요?

ki.seu.he*/bwa.sso*.yo

接吻過了嗎？

延伸單字

키스하다　ki.seu.ha.da

接吻

050

자기야!

親愛的

例句

자기야! 사랑해.

ja.gi.ya//sa.rang.he*

親愛的！你愛你！

자기야! 뭐해?

ja.gi.ya//mwo.he*

親愛的！你在幹嘛？

자기야! 오늘도 늦어?

ja.gi.ya//o.neul.do/neu.jo*

親愛的！今天也會很晚嗎?

자기야! 오늘도 조심해서 다녀와.

ja.gi.ya//o.neul.do/jo.sim.he*.so*/da.nyo*.wa

親愛的！今天也路上小心喔！

자기야! 미안. 많이 기다렸어?

ja.gi.ya//mi.an//ma.ni/gi.da.ryo*.sso*

親愛的！對不起！你等很久了嗎？

발렌타인데이

051

情人節

例句

이번 발렌타인데이에 뭐 하고 싶어요?

i.bo*n/bal.len.ta.in.de.i.e/mwo/ha.go/si.po*.yo

這次的情人節你想做什麼？

발렌타인데이는 2월 14일이에요.

bal.len.ta.in.de.i.neun/i.wol/sip.ssa.i.ri.e.yo

情人節是2月14號。

우리 발렌타인데이때 뭐 하죠?

u.ri/bal.len.ta.in.de.i.de*/mwo/ha.jyo

我們情人節的時候要做什麼？

나한테 줄 초콜릿 없어요?

na.han.te/jul/cho.kol.lit/o*p.sso*.yo

沒有要送我的巧克力嗎？

저는 남친한테 장미꽃을 받았어요.

jo*.neun/nam.chin.han.te/jang.mi.go.cheul/ba.da.sso*.yo

我從男朋友那收到玫瑰花了。

052

차이다
被甩

例句

첫사랑에게 차였어요.

cho*t.ssa.rang.e.ge/cha.yo*.sso*.yo

我被初戀甩了。

방금 여자친구한테 차였다.

bang.geum/yo*.ja.chin.gu.han.te/cha.yo*t.da

我剛才被女朋友甩了。

그는 애인에게 차인 것 같다.

geu.neun/e*.i.ne.ge/cha.in/go*t/gat.da

他好像被愛人甩了。

남친을 찼어요.

nam.chi.neul/cha.sso*.yo

我甩了男朋友。

내가 차인 것이 아니고 사실 내가 찼어요.

ne*.ga/cha.in/go*.si/a.ni.go/sa.sil/ne*.ga/cha.sso*.yo

不是我被甩，其實是我甩他的。

헤어지다

分手、分開

053

例句

우리 헤어지자.

u.ri/he.o*.ji.ja

我們分手吧。

난 오빠와 헤어지기 싫어요.

nan/o.ba.wa/he.o*.ji.gi/si.ro*.yo

我不想跟哥哥你分手。

우리 헤어지는 게 좋을 것 같아요.

u.ri/he.o*.ji.neun/ge/jo.eul/go*t/ga.ta.yo

我們分手比較好。

오늘 남친이랑 헤어졌어요.

o.neul/nam.chi.ni.rang/he.o*.jo*.sso*.yo

今天跟男朋友分手了。

헤어질 시간이 되었다.

he.o*.jil/si.ga.ni/dwe.o*t.da

到了該分開的時間了。

054

바람을 피우다
外遇

例句

너 바람 피우지 마.

no*/ba.ram/pi.u.ji/ma

你不要搞外遇。

양다리를 걸치는 심리는 뭘까요?

yang.da.ri.reul/go*l.chi.neun/sim.ni.neun/mwol.ga.yo

腳踏兩條船的心態為何？

會話

A：그 여자 누구야? 너 바람 피우니?

geu/yo*.ja/nu.gu.ya//no*/ba.ram/pi.u.ni

那個女生是誰？你搞外遇嗎？

B：아니야. 그냥 회사 동료야.

a.ni.ya//geu.nyang/hwe.sa/dong.nyo.ya

不是，只是公司同事而已。

延伸單字

양다리를 걸치다　yang.da.ri.reul/go*l.chi.da

腳踏兩條船

바람을 맞다
被放鴿子

055

例句

어젯밤에 바람 맞았어.

o*.jet.ba.me/ba.ram/ma.ja.sso*

我昨晚被放鴿子了。

나는 남자한테 바람 맞은 적 있어요.

na.neun/nam.ja.han.te/ba.ram/ma.jeun/jo*k/i.sso*.yo

我曾經被男生放鴿子過。

會話

A：일찍 오네. 상대는 어땠어?

il.jjik/o.ne//sang.de*.neun/o*.de*.sso*

很早回來呢！對方怎麼樣？

B：못 만났어. 나 그 사람한테 바람 맞았어.

mot/man.na.sso*//na/geu/sa.ram.han.te/ba.ram/ma.ja.sso*

沒見到面，我被他放鴿子了。

056

선을 보다

相親

例句

선을 보러 가요.

so*.neul/bo.ro*/ga.yo

去相親。

나 어제 선 봤어요.

na/o*.je/so*n/bwa.sso*.yo

我昨天去相親了。

선본 남자가 마음에 들어요.

so*n.bon/nam.ja.ga/ma.eu.me/deu.ro*.yo

我很滿意相親的男方。

난 소개팅은 안 해.

nan/so.ge*.ting.eun/an/he*

我不去相親。

延伸單字

소개팅 so.ge*.ting

相親（別人介紹下的初次會面）

프러포즈

求婚

057

例句

나랑 결혼해 줄래요?

na.rang/gyo*l.hon.he*/jul.le*.yo

你願意跟我結婚嗎？

오빠, 저랑 결혼해 주세요.

o.ba//jo*.rang/gyo*l.hon.he*/ju.se.yo

哥，請跟我結婚。

프러포즈는 어디서 했어요?

peu.ro*.po.jeu.neun/o*.di.so*/he*.sso*.yo

你在哪裡求婚的？

여친이 내 프러포즈를 받았어요.

yo*.chi.ni/ne*/peu.ro*.po.jeu.reul/ba.da.sso*.yo

女朋友接受我的求婚了。

延伸單字

청혼하다 cho*ng.hon.ha.da

求婚

058

약혼
訂婚

例句

남친과 결혼하기로 결심했어요.
nam.chin.gwa/gyo*l.hon.ha.gi.ro/gyo*l.sim.he*.sso*.yo
決定要跟男朋友結婚了。

그 사람이랑 약혼을 했다.
geu/sa.ra.mi.rang/ya.ko.neul/he*t.da
跟他訂婚了。

약혼자는 어떤 분이세요?
ya.kon.ja.neun/o*.do*n/bu.ni.se.yo
未婚夫是怎樣的人呢？

이쪽은 내 약혼녀예요.
i.jjo.geun/ne*/ya.kon.nyo*.ye.yo
這位是我的未婚妻。

우리는 파혼했다.
u.ri.neun/pa.hon.he*t.da
我們悔婚了。

059

결혼
結婚

例句

결혼하고 싶지 않은 남자.
gyo*l.hon.ha.go/sip.jji/a.neun/nam.ja
不想結婚的男人。

우리 누나가 시집 갔어요.
u.ri/nu.na.ga/si.jip/ga.sso*.yo
我姊姊結婚了。

저 사실 이미 결혼했어요 .
jo*/sa.sil/i.mi/gyo*l.hon.he*.sso*.yo
其實我已經結婚了。

결혼 청첩장 꼭 보내 주세요.
gyo*l.hon/cho*ng.cho*p.jjang/gok/bo.ne*/ju.se.yo
一定要寄結婚請帖給我。

혹시 나하고 결혼할 생각 없어요?
hok.ssi/na.ha.go/gyo*l.hon/hal/se*ng.gak/o*p.sso*.yo
你有想要跟我結婚的念頭嗎？

060

결혼식

結婚典禮

例句

결혼식은 언제예요?

gyo*l.hon.si.geun/o*n.je.ye.yo

結婚典禮是什麼時候？

신랑이 제일 멋있어요.

sil.lang.i/je.il/mo*.si.sso*.yo

新郎最帥。

신부가 너무 예뻐요.

sin.bu.ga/no*.mu/ye.bo*.yo

新娘很美。

나도 웨딩드레스를 입고 싶다.

na.do/we.ding.deu.re.seu.reul/ip.go/sip.da

我也想穿婚紗。

내 결혼식 들러리가 되어 줄래?

ne*/gyo*l.hon.sik/deul.lo*.ri.ga/dwe.o*/jul.le*

我願意當我的伴郎（娘）嗎？

신혼
新婚

061

例句

신혼생활은 어때요?

sin.hon.se*ng.hwa.reun/o*.de*.yo

新婚生活怎麼樣啊？

신혼여행은 어디로 가나요?

sin.ho.nyo*.he*ng.eun/o*.di.ro/ga.na.yo

蜜月旅行要去哪裡？

신혼집은 어디예요?

sin.hon.ji.beun/o*.di.ye.yo

新婚家在哪裡？

우리는 신혼부부예요.

u.ri.neun/sin.hon.bu.bu.ye.yo

我們是新婚夫妻。

사실 우리 결혼한 지 얼마 안 됐어요.

sa.sil/u.ri/gyo*l.hon.han/ji/o*l.ma/an/dwe*.sso*.yo

其實我們剛結婚沒多久。

062

임신
懷孕

例句

나 임신했어요.

na/im.sin.he*.sso*.yo

我懷孕了。

저 아기를 가졌어요.

jo*/a.gi.reul/ga.jo*.sso*.yo

我有小孩了。

사실 나 남친의 아이를 가졌어요.

sa.sil/na/nam.chi.nui/a.i.reul/ga.jo*.sso*.yo

其實我有了男朋友的小孩了。

저는 임산부입니다.

jo*.neun/im.san.bu.im.ni.da

我是孕婦。

나는 아들 하나, 딸 하나 가지고 싶어요.

na.neun/a.deul/ha.na//dal/ha.na/ga.ji.go/si.po*.yo

我想要有一個兒子一個女兒。

이혼
離婚

063

例句

나 이혼해.
na/i.hon.he*
我要離婚。

우리 이혼하자.
u.ri/i.hon.ha.ja
我們離婚吧！

남편이랑 이혼하고 싶어요.
nam.pyo*.ni.rang/i.hon.ha.go/si.po*.yo
我想跟老公離婚。

저 이혼한 지 십년이 흘렀네요.
jo*/i.hon.han/ji/sim.nyo*.ni/heul.lo*n.ne.yo
我離婚已經有十年了呢！

합의 이혼하기로 결정했어요.
ha.bui/i.hon.ha.gi.ro/gyo*l.jo*ng.he*.sso*.yo
決定協議離婚了。

064

행복
幸福

例句

나는 행복해요.

na.neun/he*ng.bo.ke*.yo

我很幸福。

늘 행복하세요.

neul/he*ng.bo.ka.se.yo

祝你永遠幸福。

결혼생활이 행복하나요?

gyo*l.hon.se*ng.hwa.ri/he*ng.bo.ka.na.yo

結婚生活幸福嗎？

행복을 느끼고 있나요?

he*ng.bo.geul/neu.gi.go/in.na.yo

你有感受到幸福嗎？

우리는 참 불행하네요.

u.ri.neun/cham/bul.he*ng.ha.ne.yo

我們真不幸！

동성연애

同性戀

065

例句

저는 동성 연애자가 아닙니다.

jo*.neun/dong.so*ng/yo*.ne*.ja.ga/a.nim.ni.da

我不是同性戀者。

그 사람은 동성연애자인 것 같아요.

geu/sa.ra.meun/dong.so*ng.yo*.ne*.ja.in/go*t/ga.ta.yo

那個人好像是同性戀者。

나는 동성연애에 대해 반대해요.

na.neun/dong.so*ng.yo*.ne*.e/de*.he*/ban.de*.he*.yo

我反對同性戀。

넌 진짜 게이야?

no*n/jin.jja/ge.i.ya

你真的是gay嗎？

延伸單字

레즈비언　re.jeu.bi.o*n

女同性戀者

這句話

이거 한국어로 어떻게 말해요

韓語怎麼說

Chapter. 03

瘋狂追星篇

| 이거 한국어로 어떻게 말해요 |

這句話韓語怎麼說

066

오빠

哥哥

例句

오빠, 사랑해요!

o.ba//sa.rang.he*.yo

哥，我愛你！

오빠, 멋있어요.

o.ba//mo*.si.sso*.yo

哥，你好帥！

오빠, 사인해 주세요.

o.ba//sa.in.he*/ju.se.yo

哥哥，幫我簽名。

오빠, 빨리 대만에 오세요.

o.ba//bal.li/de*.ma.ne/o.se.yo

哥哥，快點來台灣。

오빠, 생일 축하해요.

o.ba//se*ng.il/chu.ka.he*.yo

哥哥，生日快樂。

067

가수
歌手

例句

나도 가수가 되고 싶어요.

na.do/ga.su.ga/dwe.go/si.po*.yo

我也想當歌手。

빅뱅은 내가 제일 좋아하는 그룹이야.

bik.be*ng.eun/ne*.ga/je.il/jo.a.ha.neun/geu.ru.bi.ya

BIGBANG是我最喜歡的團體。

나는 가수 이홍기 씨를 좋아해요.

na.neun/ga.su/i.hong.gi/ssi.reul/jjo.a.he*.yo

我喜歡歌手李洪基。

가수 백지영의 노래가 참 좋네요.

ga.su/be*k.jji.yo*ng.ui/no.re*.ga/cham/jon.ne.yo

歌手白智英的歌真好聽！

延伸單字

인기가수　in.gi.ga.su

人氣歌手

068

배우
演員

例句

이 영화배우가 누구예요?
i/yo*ng.hwa.be*.u.ga/nu.gu.ye.yo
這位電影演員是誰？

한국 여배우들이 참 예뻐요.
han.guk/yo*.be*.u.deu.ri/cham/ye.bo*.yo
韓國女演員們真漂亮。

원빈 씨도 연기 잘하는 배우예요.
won.bin/ssi.do/yo*n.gi/jal.ha.neun/be*.u.ye.yo
元斌也是演技很棒的演員。

그녀는 남녀노소 누구나 다 좋아하는 배우예요 .
geu.nyo*.neun/nam.nyo*.no.so/nu.gu.na/da/jo.a.ha.neun/be*.u.ye.yo
她是男女老少大家都喜歡的演員。

延伸單字

연기력　yo*n.gi.ryo*k
演技

톱스타
巨星

069

例句

우리 오빠들은 모두 톱스타예요.
u.ri/o.ba.deu.reun/mo.du/top.sseu.ta.ye.yo
我們的哥哥們都是巨星。

대한민국 톱스타들에 대해 알고 싶어요.
de*.han.min.guk/top.sseu.ta.deu.re/de*.he*/al.go/si.po*.yo
我想了解有關大韓民國的巨星們。

톱스타 전지현 씨도 결혼했어요.
top.sseu.ta/jo*n.ji.hyo*n/ssi.do/gyo*l.hon.he*.sso*.yo
巨星全智賢也結婚了。

한국의 아이돌 그룹이 많아요.
han.gu.gui/a.i.dol/geu.ru.bi/ma.na.yo
韓國的偶像團體很多。

延伸單字

한류스타　hal.lyu.seu.ta
韓流明星

070

팬
粉絲

例句

오빠, 팬이에요.

o.ba//pe*.ni.e.yo

哥，我是你的粉絲。

우리는 슈퍼주니어 팬이에요.

u.ri.neun/syu.po*.ju.ni.o*/pe*.ni.e.yo

我們是Super Junior的粉絲。

저는 대만에서 온 팬이에요.

jo*.neun/de*.ma.ne.so*/on/pe*.ni.e.yo

我是從台灣來的粉絲。

팬 레터 보내는 방법은 뭐예요?

pe*n/re.to*/bo.ne*.neun/bang.bo*.beun/mwo.ye.yo

寄粉絲信的方法是什麼？

延伸單字

팬클럽　pe*n.keul.lo*p

粉絲俱樂部

연예인

藝人

例句

연예인들은 사생활이 없어요.

yo*.nye.in.deu.reun/sa.se*ng.hwa.ri/o*p.sso*.yo

藝人們沒有私生活。

나는 연예계에 관심이 없어요.

na.neun/yo*.nye.gye.e/gwan.si.mi/o*p.sso*.yo

我對演藝圈沒興趣。

스캔들이 없는 연예인은 누가 있어요?

seu.ke*n.deu.ri/o*m.neun/yo*.nye.i.neun/nu.ga/i.sso*.yo

沒有誹聞的藝人有誰呢？

연예인이 되려면 어떻게 해야 하나요?

yo*.nye.i.ni/dwe.ryo*.myo*n/o*.do*.ke/he*.ya/ha.na.yo

想當藝人，應該怎麼做呢？

延伸單字

연예계 yo*.nye.gye

演藝圈

072

노래

歌曲

例句

소녀시대의 노래를 좋아해요?

so.nyo*.si.de*.ui/no.re*.reul/jjo.a.he*.yo

你喜歡少女時代的歌嗎？

이 노래의 가사가 마음에 들어요.

i/no.re*.ui/ga.sa.ga/ma.eu.me/deu.ro*.yo

我喜歡這首歌的歌詞。

이 노래를 들어봤어요?

i/no.re*.reul/deu.ro*.bwa.sso*.yo

你有聽過這首歌嗎？

이것은 요즘 유행하는 노래예요.

i.go*.seun/yo.jeum/yu.he*ng.ha.neun/no.re*.ye.yo

這是最近很流行的歌。

延伸單字

앨범　e*l.bo*m

專輯

음악
音樂

073

例句

어떤 음악을 좋아합니까?
o*.do*n/eu.ma.geul/jjo.a.ham.ni.ga
你喜歡什麼音樂？

평소에 클래식 음악을 안 들어요.
pyo*ng.so.e/keul.le*.sik/eu.ma.geul/an/deu.ro*.yo
我平時不聽古典樂。

이 영화 배경 음악도 좋네요.
i/yo*ng.hwa/be*.gyo*ng/eu.mak.do/jon.ne.yo
這部片的背景音樂也很好聽。

내 취미는 음악 듣기예요.
ne*/chwi.mi.neun/eu.mak/deut.gi.ye.yo
我的興趣是聽音樂。

음악가가 되는 게 제 꿈이에요.
eu.mak.ga.ga/dwe.neun/ge/je/gu.mi.e.yo
當音樂家是我的夢想。

074

드라마
連續劇

例句

한국 드라마를 좋아해요.

han.guk/deu.ra.ma.reul/jjo.a.he*.yo

我喜歡看韓劇。

이 드라마 주인공이 누구예요?

i/deu.ra.ma/ju.in.gong.i/nu.gu.ye.yo

這部連續劇的主角是誰？

이민호가 출연하는 드라마를 보고 싶어요.

i.min.ho.ga/chu.ryo*n.ha.neun/deu.ra.ma.reul/bo.go/si.po*.yo

我想看李敏鎬出演的連續劇。

이 드라마 시청률이 높아요.

i/deu.ra.ma/si.cho*ng.nyu.ri/no.pa.yo

這部連續劇的收視率很高。

요즘 무슨 드라마를 보고 있어요?

yo.jeum/mu.seun/deu.ra.ma.reul/bo.go/i.sso*.yo

最近你在看什麼連續劇？

영화
電影

例句

우리 영화 보러 가요.
u.ri/yo*ng.hwa/bo.ro*/ga.yo
我們去看電影吧。

이 영화가 재미있어요.
i/yo*ng.hwa.ga/je*.mi.i.sso*.yo
這部電影很好看。

영화 제목이 뭐예요?
yo*ng.hwa/je.mo.gi/mwo.ye.yo
電影片名是什麼？

한국 영화를 본 적 있어요?
han.guk/yo*ng.hwa.reul/bon/jo*k/i.sso*.yo
你有看過韓國電影嗎？

延伸單字

영화를 찍다　yo*ng.hwa.reul/jjik.da
拍電影

這句話

이거 한국어로 어떻게 말해요

韓語怎麼說

Chapter. 04

上學上班篇

| 이거 한국어로 어떻게 말해요 |

這句話韓語怎麼說

076

학교

學校

例句

학교에 다니다.

hak.gyo.e/da.ni.da

上學。

여기는 중학교입니다.

yo*.gi.neun/jung.hak.gyo.im.ni.da

這裡是國中。

오늘 학교에 안 가요.

o.neul/hak.gyo.e/an/ga.yo

今天我不去學校。

집 근처에 고등학교 하나 있습니다 .

jip/geun.cho*.e/go.deung.hak.gyo//ha.na/it.sseum.ni.da

家附近有一所高中。

延伸單字

캠퍼스　ke*m.po*.seu

校園

학생
學生

077

例句

학생들이 공부해요.

hak.sse*ng.deu.ri/gong.bu.he*.yo

學生們念書。

저는 대학생이 아닙니다.

jo*.neun/de*.hak.sse*ng.i/a.nim.ni.da

我不是大學生。

우리 반에 남학생이 한 명밖에 없어요.

u.ri/ba.ne/nam.hak.sse*ng.i/han/ myo*ng.ba.ge/o*p.sso*.yo

我們班只有一個男學生。

후배가 지금 교실에 없어요.

hu.be*.ga/ji.geum/gyo.si.re/o*p. sso*.yo

學弟（妹）現在不在教室。

延伸單字

유학생 yu.hak.sse*ng

留學生

078

선생님

老師

例句

선생님, 안녕하세요.

so*n.se*ng.nim//an.nyo*ng.ha.se.yo

老師，您好。

국어 선생님이 친절합니다.

gu.go*/so*n.se*ng.ni.mi/chin.jo*l.ham.ni.da

國語老師很親切。

선생님께 감사해요.

so*n.se*ng.nim.ge/gam.sa.he*.yo

感謝老師。

우리 담임 선생님은 엄격하세요.

u.ri/da.mim/so*n.se*ng.ni.meun/o*m.gyo*.ka.se.yo

我們導師很嚴格。

延伸單字

교수님　gyo.su.nim

教授

공부
念書

例句

열심히 공부하세요.
yo*l.sim.hi/gong.bu.ha.se.yo
請你認真念書。

같이 공부하자.
ga.chi/gong.bu.ha.ja
我們一起念書吧。

수학 공부가 너무 어려워요.
su.hak/gong.bu.ga/no*.mu/o*.ryo*.wo.yo
學數學很難。

왜 공부 안 해요?
we*/gong.bu/an/he*.yo
你為什麼不念書？

누나가 매일 공부만 해요 .
nu.na.ga/me*.il/gong.bu.man/he*.yo
姊姊每天都只在念書。

080

배우다

學習

例句

영어를 배우자.

yo*ng.o*.reul/be*.u.ja

我們學英文吧。

한국어를 배우고 있어요.

han.gu.go*.reul/be*.u.go/i.sso*.yo

正在學韓國語。

피아노를 배웠어요.

pi.a.no.reul/be*.wo.sso*.yo

我學了鋼琴。

대학교에서 주로 회계학을 배워요.

de*.hak.gyo.e.so*/ju.ro/hwe.gye.ha.geul/be*.wo.yo

在大學主要是學會計。

나도 기타를 배우고 싶어요.

na.do/gi.ta.reul/be*.u.go/si.po*.yo

我也想學吉他。

가르치다

教導

081

例句

춤을 가르쳐요.

chu.meul/ga.reu.cho*.yo

教跳舞。

좀 가르쳐 주세요.

jom/ga.reu.cho*/ju.se.yo

請你教我。

내가 가르쳐 줄게요.

ne*.ga/ga.reu.cho*/jul.ge.yo

我來教你。

동생에게 요리를 가르쳐요.

dong.se*ng.e.ge/yo.ri.reul/ga.reu.cho*.yo

教弟弟煮菜。

길 좀 가르쳐 주세요.

gil/jom/ga.reu.cho*/ju.se.yo

請為我指路。

082

교실

教室

例句

우리 교실은 삼층에 있어요.

u.ri/gyo.si.reun/sam.cheung.e/i.sso*.yo

我們教室在三樓。

교실에 아무도 없었다.

gyo.si.re/a.mu.do/o*p.sso*t.da

教室沒有人。

에어컨이 없어서 교실이 더워요.

e.o*.ko*.ni/o*p.sso*.so*/gyo.si.ri/do*.wo.yo

因為沒有冷氣，教室很熱。

책상들이 교실에 있습니다.

che*k.ssang.deu.ri/gyo.si.re/it.sseum.ni.da

書桌在教室裡。

컴퓨터 교실에 컴퓨터 30대 있어요.

ko*m.pyu.to*/gyo.si.re/ko*m.pyu.to*/so*.reun.de*/i.sso*.yo

電腦教室有30台電腦。

도서관

圖書館

083

例句

도서관에서 책을 봐요.

do.so*.gwa.ne.so*/che*.geul/bwa.yo

在圖書館看書。

도서관에 책, 잡지, 신문, 만화책이 있어요.

do.so*.gwa.ne/che*k//jap.jji//sin.mun//man.hwa.che*.gi/i.sso*.yo

圖書館有書、雜誌、報紙、漫畫。

공부하러 도서관에 가자.

gong.bu.ha.ro*/do.so*.gwa.ne/ga.ja

我們去圖書館念書吧。

도서관에서 책 다섯 권을 빌렸다.

do.so*.gwa.ne.so*/che*k/da.so*t/gwo.neul/bil.lyo*t.da

在圖書館借了五本書。

延伸單字

학생증　hak.sse*ng.jeung

學生證

084

수업
課程

例句

수업을 들어요.
su.o*.beul/deu.ro*.yo
聽課。

오후에 수업이 있어요.
o.hu.e/su.o*.bi/i.sso*.yo
下午有課。

수업할 때 자지 마.
su.o*.pal/de*/ja.ji/ma
上課時，不要睡覺。

한국어 수업이 재미있어요.
han.gu.go*/su.o*.bi/je*.mi.i.sso*.yo
韓語課很有趣。

지금부터 수업을 시작하겠습니다.
ji.geum.bu.to*/su.o*.beul/ssi.ja.ka.get.sseum.ni.da
現在開始上課。

085

시험

考試

例句

시험을 보다

si.ho*.meul/bo.da

考試。

내일 시험이 있습니다.

ne*.il/si.ho*.mi/it.sseum.ni.da

明天有考試。

시험이 어려웠어요.

si.ho*.mi/o*.ryo*.wo.sso*.yo

考試很難。

다음 주부터 기말고사입니다.

da.eum/ju.bu.to*/gi.mal.go.sa.im.ni.da

下週起就是期末考了。

延伸單字

쪽지시험　jjok.jji.si.ho*m

小考

086

숙제
作業

例句

숙제가 많아요.

suk.jje.ga/ma.na.yo

作業很多。

숙제를 다 했어요.

suk.jje.reul/da/he*.sso*.yo

作業都寫完了。

숙제하기 싫어요.

suk.jje.ha.gi/si.ro*.yo

不想寫作業。

선생님, 숙제 내지 마세요.

so*n.se*ng.nim//suk.jje/ne*.ji/ma.se.yo

老師，請不要出作業。

오늘 숙제가 뭐예요?

o.neul/ssuk.jje.ga/mwo.ye.yo

今天的作業是什麼？

성적
成績

087

例句

높은 성적을 받았다.

no.peun/so*ng.jo*.geul/ba.dat.da

拿到很高的成績。

성적이 안 좋아요.

so*ng.jo*.gi/an/jo.a.yo

成績不好。

성적이 나왔어요.

so*ng.jo*.gi/na.wa.sso*.yo

成績出來了。

저 빵점 받았어요.

jo*/bang.jo*m/ba.da.sso*.yo

我拿到零分。

만점 받아서 참 기뻐요.

man.jo*m/ba.da.so*/cham/gi.bo*.yo

拿到滿分很高興。

088

펜
原子筆

例句

필통 안에 펜하고 수정액이 있어요.

pil.tong/a.ne/pen.ha.go/su.jo*ng.e*.gi/i.sso*.yo

鉛筆盒裡有筆和立可白。

연필로 숙제를 해요.

yo*n.pil.lo/suk.jje.reul/he*.yo

用鉛筆寫作業。

교과서하고 펜을 꺼내세요.

gyo.gwa.so*.ha.go/pe.neul/go*.ne*.se.yo

請把教科書和筆拿出來。

지우개로 지워라.

ji.u.ge*.ro/ji.wo.ra

用橡皮擦擦掉。

펜 좀 빌려 주세요.

pen/jom/bil.lyo*/ju.se.yo

請借我筆。

한국어
韓國語

089

例句

한국어를 배워 본 적 있어요.
han.gu.go*.reul/be*.wo/bon/jo*k/i.sso*.yo
我有學過韓國語。

한국어가 쉽습니다.
han.gu.go*.ga/swip.sseum.ni.da
韓語很簡單。

문법은 어렵습니다.
mun.bo*.beun/o*.ryo*p.sseum.ni.da
文法很難。

한국어 발음은 복잡하네요.
han.gu.go*/ba.reu.meun/bok.jja.pa.ne.yo
韓語發音很複雜呢！

단어를 외우세요.
da.no*.reul/we.u.se.yo
請你背單字。

090

학년
學年、年級

例句

몇 학년이에요?

myo*t/hang.nyo*.ni.e.yo

你幾年級？

저는 삼학년이에요.

jo*.neun/sam.hang.nyo*.ni.e.yo

我三年級。

우리는 같은 학년 같은 반이에요.

u.ri.neun/ga.teun/hang.nyo*n/ga.teun/ba.ni.e.yo

我們同年級同班。

저는 지금 고등학교 2학년이에요.

jo*.neun/ji.geum/go.deung.hak.gyo/i.hang.nyo*.ni.e.yo

我現在是高中二年級。

延伸單字

학기　hak.gi

學期

학원

補習班

091

例句

학원 안 가도 돼요?

ha.gwon/an/ga.do/dwe*.yo

我可以不去補習班嗎？

영어 학원 좀 추천해 주세요.

yo*ng.o*/ha.gwon/jom/chu.cho*n.he*/ju.se.yo

請推薦英文補習班給我。

수업이 끝나고 학원에 가요.

su.o*.bi/geun.na.go/ha.gwo.ne/ga.yo

下課後，去補習班。

피아노를 배우러 학원에 가요.

pi.a.no.reul/be*.u.ro*/ha.gwo.ne/ga.yo

去補習班學鋼琴。

학원에서 시험 공부를 해요.

ha.gwo.ne.so*/si.ho*m/gong.bu.reul/he*.yo

在補習班準備考試。

092

전공
專業、主修

例句

전공이 뭐예요?
jo*n.gong.i/mwo.ye.yo
你主修什麼？

전공은 경영학입니다.
jo*n.gong.eun/gyo*ng.yo*ng.ha.gim.ni.da
我主修經營學。

복수전공이 뭐예요?
bok.ssu.jo*n.gong.i/mwo.ye.yo
你輔修學什麼？

복수전공으로 경제학을 배워요.
bok.ssu.jo*n.gong.eu.ro/gyo*ng.je.ha.geul/be*.wo.yo
我輔修學經濟學。

대학교에서 패션디자인을 공부합니다.
de*.hak.gyo.e.so*/pe*.syo*n.di.ja.i.neul/gong.bu.ham.ni.da
我在大學念服裝設計。

대학원

研究所

093

例句

저는 대학원에 다니는 학생입니다.

jo*.neun/de*.ha.gwo.ne/da.ni.neun/hak.sse*ng.im.ni.da

我是就讀研究所的學生。

9월에 대학원에 입학했어요.

gu.wo.re/de*.ha.gwo.ne/i.pa.ke*.sso*.yo

我九月進研究所。

대학원에 진학하려고 해요.

de*.ha.gwo.ne/jin.ha.ka.ryo*.go/he*.yo

我打算念研究所。

나는 대학원생이야.

na.neun/de*.ha.gwon.se*ng.i.ya

我是研究所學生。

대학원 등록금도 비싸요.

de*.ha.gwon/deung.nok.geum.do/bi.ssa.yo

研究所學費也很貴。

094

졸업
畢業

例句

졸업을 축하해요.
jo.ro*.beul/chu.ka.he*.yo
恭喜你畢業。

내년 6월쯤 졸업할 거예요.
ne*.nyo*n/yu.wol.jjeum/jo.ro*.pal/go*.ye.yo
明年六月左右將畢業。

졸업 후 뭐 할 거예요?
jo.ro*p/hu/mwo/hal/go*.ye.yo
畢業後你要做什麼？

졸업하면 취직하려고 해요.
jo.ro*.pa.myo*n/chwi.ji.ka.ryo*.go/he*.yo
畢業後我想就業。

부모님이 졸업식에 참석하셨어요.
bu.mo.ni.mi/jo.ro*p.ssi.ge/cham.so*.ka.syo*.sso*.yo
爸媽參加了畢業典禮。

유학
留學

095

例句

미국에 유학하러 가요.
mi.gu.ge/yu.ha.ka.ro*/ga.yo
去美國留學。

유학생활이 힘들어요.
yu.hak.sse*ng.hwa.ri/him.deu.ro*.yo
留學生活很辛苦。

나도 유학 가고 싶어요.
na.do/yu.hak/ga.go/si.po*.yo
我也想去留學。

나도 교환학생이에요.
na.do/gyo.hwan.hak.sse*ng.i.e.yo
我也是交換學生。

저는 대만에서 온 유학생이에요.
jo*.neun/de*.ma.ne.so*/on/yu.hak.sse*ng.i.e.yo
我是從台灣來的留學生。

096

아르바이트

打工

例句

학생 식당에서 아르바이트해요.

hak.sse*ng/sik.dang.e.so*/a.reu.ba.i.teu.he*.yo

在學生餐廳打工。

아르바이트로 학비를 벌어요.

a.reu.ba.i.teu.ro/hak.bi.reul/bo*.ro*.yo

打工賺學費。

대학교에 다니면서 아르바이트해요.

de*.hak.gyo.e/da.ni.myo*n.so*/a.reu.ba.i.teu.he*.yo

一邊念大學一邊打工。

저는 저녁에 아르바이트해요.

jo*.neun/jo*.nyo*.ge/a.reu.ba.i.teu.he*.yo

我晚上要打工。

延伸單字

아르바이트생　a.reu.ba.i.teu.se*ng

打工生

회사

公司

097

例句

나는 회사원이에요.

na.neun/hwe.sa.wo.ni.e.yo

我是上班族。

저는 화장품 회사에 다닙니다.

jo*.neun/hwa.jang.pum/hwe.sa.e/da.nim.ni.da

我在化妝品公司上班。

회사 일이 바빠요.

hwe.sa/i.ri/ba.ba.yo

公司的工作很忙。

어떤 회사에 들어가고 싶어요?

o*.do*n/hwe.sa.e/deu.ro*.ga.go/si.po*.yo

你想進入哪種公司？

우리는 같은 회사에서 일해요.

u.ri.neun/ga.teun/hwe.sa.e.so*/il.he*.yo

我們在同一間公司上班。

098

출근

上班

例句

보통 몇 시에 출근해요?

bo.tong/myo*t/si.e/chul.geun.he*.yo

你通常幾點上班？

버스로 출근합니다.

bo*.seu.ro/chul.geun.ham.ni.da

我搭公車上班。

내일 출근 안 해요.

ne*.il/chul.geun/an/he*.yo

明天不上班。

우리 아빠는 출근하셨어요.

u.ri/a.ba.neun/chul.geun.ha.syo*.sso*.yo

我爸爸上班去了。

오늘 아파서 출근 못 했어요.

o.neul/a.pa.so*/chul.geun/mot/he*.sso*.yo

今天身體不適，不能上班。

퇴근

下班

099

例句

자, 다들 퇴근합시다.

ja//da.deul/twe.geun.hap.ssi.da

大家下班吧。

몇 시에 퇴근하세요?

myo*t/si.e/twe.geun.ha.se.yo

您幾點下班呢？

저녁 여섯 시에 퇴근할 수 있어요.

jo*.nyo*k/yo*.so*t/si.e/twe.geun.hal/ssu/i.sso*.yo

傍晚六點可以下班。

퇴근 후 뭐해요?

twe.geun/hu/mwo.he*.yo

下班後你要做什麼？

지금 출퇴근 시간이라서 길이 막혀요.

ji.geum/chul.twe.geun/si.ga.ni.ra.so*/gi.ri/ma.kyo*.yo

因為現在是上下班時間，所以路上很塞。

100

직업
職業

例句

직업이 뭐예요?

ji.go*.bi/mwo.ye.yo

你的職業是什麼？

경찰은 매우 위험한 직업입니다.

gyo*ng.cha.reun/me*.u/wi.ho*m//han/ji.go*.bim.ni.da

警察是很危險的職業。

무슨 일을 하세요?

mu.seun/i.reul/ha.se.yo

你在做什麼工作。

저는 무역회사에서 일합니다.

jo*.neun/mu.yo*.kwe.sa.e.so*/il.ham.ni.da

我在貿易公司上班。

저의 직업은 의사입니다.

jo*.ui/ji.go*.beun/ui.sa.im.ni.da

我的職業是醫生。

가족 직업
家人職業

101

例句

우리 어머니는 가정주부세요.

u.ri/o*.mo*.ni.neun/ga.jo*ng.ju.bu.se.yo

我媽媽是家庭主婦。

우리 어머니는 뉴스 아나운서이고 아버지는 기자 입니다.

u.ri/o*.mo*.ni.neun/nyu.seu/a.na.un.so*.i.go/a.bo*.ji.neun/gi.ja.im.ni.da

我媽媽是新聞主播，爸爸是記者。

저희 아버지는 변호사이십니다.

jo*.hi/a.bo*.ji.neun/byo*n.ho.sa.i.sim.ni.da

我父親是律師。

언니가 대사관에서 일해요.

o*n.ni.ga/de*.sa.gwa.ne.so*/il.he*.yo

姊姊在大使館工作。

102

취직
就業

例句

일자리를 구했어요.

il.ja.ri.reul/gu.he*.sso*.yo

找到工作了。

좋은 직장을 찾아요.

jo.eun/jik.jjang.eul/cha.ja.yo

找好工作。

요즘은 취직하기가 어려워요.

yo.jeu.meun/chwi.ji.ka.gi.ga/o*.ryo*.wo.yo

最近要就業很難。

정말 즐거운 일을 찾고 싶습니다.

jo*ng.mal/jjeul.go*.un/i.reul/chat.go/sip.sseum.ni.da

真的很想找開心的工作。

면접 봤을 때 너무 당황스러웠어요.

myo*n.jo*p/bwa.sseul/de*/no*.mu/dang.hwang.seu.ro*.wo.sso*.yo

面試的時候太慌張了。

동료
同事

103

例句

길에서 동료를 만났어요.
gi.re.so*/dong.nyo.reul/man.na.sso*.yo
在路上遇到同事。

동료들에게 커피를 사 주었다.
dong.nyo.deu.re.ge/ko*.pi.reul/ssa/ju.o*t.da
買咖啡請同事們喝。

동료들이랑 점심을 먹었어요.
dong.nyo.deu.ri.rang/jo*m.si.meul/mo*.go*.sso*.yo
跟同事們一起吃午餐。

동료들이랑은 사이가 안 좋아요.
dong.nyo.deu.ri.rang.eun/sa.i.ga/an/jo.a.yo
跟同事間的關係不好。

우리 회식합시다.
u.ri/hwe.si.kap.ssi.da
我們來聚餐吧！

104

월급

月薪

例句

월급이 너무 적어요.

wol.geu.bi/no*.mu/jo*.go*.yo

薪水很少。

오늘은 월급날이네.

o.neu.reun/wol.geum.na.ri.ne

今天是發薪日呢！

월급 많이 받았으니까 맛있는 거 좀 사 줘.

wol.geup/ma.ni/ba.da.sseu.ni.ga/ma.sin.neun/go*/jom/sa/jwo

你領了很多薪水，請我吃好吃的東西吧。

연봉이 얼마나 돼요?

yo*n.bong.i/o*l.ma.na/dwe*.yo

你年薪有多少？

회사가 망해서 월급을 못 받았어요.

hwe.sa.ga/mang.he*.so*/wol.geu.beul/mot/ba.da.sso*.yo

公司倒閉，所以沒領到薪水。

사표 내기

105

辭職

例句

정말 회사에 사표 내고 싶어요.

jo*ng.mal/hwe.sa.e/sa.pyo/ne*.go/si.po*.yo

我真想跟公司遞辭呈。

이제 회사 그만두고 싶다.

i.je/hwe.sa/geu.man.du.go/sip.da

現在我想辭職了。

드디어 사직서를 썼어요.

deu.di.o*/sa.jik.sso*.reul/sso*.sso*.yo

終於寫了辭職書。

새로운 직장을 구했어요.

se*.ro.un/jik.jjang.eul/gu.he*.sso*.yo

找到了新的工作。

나 회사에서 짤렸다.

na/hwe.sa.e.so*/jjal.lyo*t.da

我被公司開除了。

106

근무
上班、工作

例句

지금은 근무시간이 아닙니다.
ji.geu.meun/geun.mu.si.ga.ni/a.nim.ni.da
現在不是上班時間。

저는 지금 근무 중입니다.
jo*.neun/ji.geum/geun.mu/jung.im.ni.da
我現在在上班。

야간 근무할 때 보통 라디오를 들어요.
ya.gan/geun.mu.hal/de*/bo.tong/ra.di.o.reul/deu.ro*.yo
夜間工作時，我一般會聽廣播。

나는 정말 주말 근무하기 싫어요.
na.neun/jo*ng.mal/jju.mal/geun.mu.ha.gi/si.ro*.yo
我真的很討厭週末上班。

아침부터 밤까지 일만 했어요.
a.chim.bu.to*/bam.ga.ji/il.man/he*.sso*.yo
從早上工作到晚上。

잔업
加班

例句

오늘은 잔업이 없어요.

o.neu.reun/ja.no*.bi/o*p.sso*.yo

今天不用加班。

오늘도 잔업을 해야 해요.

o.neul.do/ja.no*.beul/he*.ya/he*.yo

今天也要加班。

어제도 회사에서 밤을 샜어요.

o*.je.do/hwe.sa.e.so*/ba.meul/sse*.sso*.yo

昨天也在公司熬夜了。

전 공장에 다녀요. 맨날 잔업해요.

jo*n/gong.jang.e/da.nyo*.yo//me*n.nal/jja.no*.pe*.yo

我在工廠上班，每天都要加班。

延伸單字

야근　ya.geun

夜班

108

회의
會議

例句

회의실이 어디입니까?

hwe.ui.si.ri/o*.di.im.ni.ga

請問會議室在哪裡？

오전 열 시에 중요한 회의가 있습니다.

o.jo*n/yo*l/si.e/jung.yo.han/hwe.ui.ga/it.sseum.ni.da

上午十點有重要的會議。

회의 시간이 언제죠?

hwe.ui/si.ga.ni/o*n.je.jyo

開會的時間是什麼時候？

오늘 회의 주제는 뭐예요?

o.neul/hwe.ui/ju.je.neun/mwo.ye.yo

今天開會的主題是什麼？

이 상품에 대해서 설명해 주세요.

i/sang.pu.me/de*.he*.so*/so*l.myo*ng.he*/ju.se.yo

請為我說明一下這個商品。

지각하다
遲到

例句

자네, 또 지각하네.
ja.ne//do/ji.ga.ka.ne
你又遲到了！

다시는 지각하지 않겠습니다.
da.si.neun/ji.ga.ka.ji/an.ket.sseum.ni.da
我不會再遲到了。

다음부터는 늦지 마세요.
da.eum.bu.to*.neun/neut.jji/ma.se.yo
下次不要遲到了。

늦어서 죄송합니다.
neu.jo*.so*/jwe.song.ham.ni.da
對不起我遲到了。

미안합니다. 많이 기다리셨죠?
mi.an.ham.ni.da//ma.ni/gi.da.ri.syo*t.jjyo
對不起，您等很久了吧？

110

이메일
電子郵件

例句

사진을 이메일로 보내 주세요.
sa.ji.neul/i.me.il.lo/bo.ne*/ju.se.yo
請用電子郵件將照片傳給我。

이메일 주소를 가르쳐 주세요.
i.me.il/ju.so.reul/ga.reu.cho*/ju.se.yo
請告訴我電子郵件地址。

제 이메일을 받으셨어요?
je/i.me.i.reul/ba.deu.syo*.sso*.yo
您有收到我的電子郵件嗎？

이건 스팸메일입니다.
i.go*n/seu.pe*m.me.i.rim.ni.da
這是垃圾郵件。

延伸單字

첨부파일　cho*m.bu.pa.il
附件

상사

上司

例句

그분은 우리 사장님이십니다.

geu.bu.neun/u.ri/sa.jang.ni.mi.sim.ni.da

那位是我們的社長。

부장님, 무슨 일로 오셨습니까?

bu.jang.nim//mu.seun/il.lo/o.syo*t.sseum.ni.ga

部長，您怎麼來了？

상사 한 명이 참 무능해요.

sang.sa/han/myo*ng.i/cham/mu.neung.he*.yo

有一位上司很無能。

이쪽은 제 부하들입니다.

i.jjo.geun/je/bu.ha.deu.rim.ni.da

這邊是我的部下們。

팀장님은 부지런한 분입니다.

tim.jang.ni.meun/bu.ji.ro*n.han/bu.nim.ni.da

組長是很勤快的人。

112

복사
影印

例句

이 계약서를 복사해 주세요.
i/gye.yak.sso*.reul/bok.ssa.he*/ju.se.yo
請幫我影印這份契約書。

몇 부 복사하시겠어요?
myo*t/bu/bok.ssa.ha.si.ge.sso*.yo
您要印幾份？

한 부 복사해 주세요.
han/bu/bok.ssa.he*/ju.se.yo
請幫我印一份。

복사기가 또 고장났어요.
bok.ssa.gi.ga/do/go.jang.na.sso*.yo
影印機又壞掉了。

延伸單字

복사지　bok.ssa.ji
影印紙

출장
出差

例句

팀장님은 출장 가셨어요.

tim.jang.ni.meun/chul.jang/ga.syo*.sso*.yo

組長去出差了。

오빠가 다음 주에 출장갈 거예요.

o.ba.ga/da.eum/ju.e/chul.jang.gal/go*.ye.yo

哥哥下週要去出差。

아, 출장 가기 싫어요.

a//chul.jang/ga.gi/si.ro*.yo

啊～不想去出差。

본부장님은 지금 중국 출장 중이십니다.

bon.bu.jang.ni.meun/ji.geum/jung.guk/chul.jang/jung.i.sim.ni.da

本部長現在正在中國出差。

延伸單字

출장비　chul.jang.bi

出差費用

114

회식

聚餐

例句

불고기집에서 회식 합시다.

bul.go.gi.ji.be.so*/hwe.sik/hap.ssi.da

我們在烤肉店聚餐吧。

오늘 저녁에 회식이 있어요.

o.neul/jjo*.nyo*.ge/hwe.si.gi/i.sso*.yo

我今天晚上有聚餐。

어제 회식에 부장님의 사모님도 오셨어요.

o*.je/hwe.si.ge/bu.jang.ni.mui/sa.mo.nim.do/o.syo*.sso*.yo

昨天的聚餐部長夫人也來了。

직원 대부분이 회식에 참석했어요.

ji.gwon/de*.bu.bu.ni/hwe.si.ge/cham.so*.ke*.sso*.yo

大部分職員都參加了聚餐。

회식이 있어서 집에 늦게 들어왔다.

hwe.si.gi/i.sso*.so*/ji.be/neut.ge/deu.ro*.wat.da

因為有聚餐，所以比較晚回家。

휴가

休假

115

例句

어디로 휴가를 가셨어요?

o*.di.ro/hyu.ga.reul/ga.syo*.sso*.yo

您去哪度假了？

휴가에는 서울로 여행 가고 싶어요.

hyu.ga.e.neun/so*.ul.lo/yo*.he*ng/ga.go/si.po*.yo

休假時我想去首爾旅行。

휴가가 끝났어요.

hyu.ga.ga/geun.na.sso*.yo

休假結束了。

하루 휴가를 내려고 해요.

ha.ru/hyu.ga.reul/ne*.ryo*.go/he*.yo

我想請一天假。

延伸單字

생리휴가 se*ng.ni.hyu.ga

（生理期）休假

這句話

| 이거 한국어로 어떻게 말해요 |

韓語怎麼說

Chapter. 05

上街購物篇

| 이거 한국어로 어떻게 말해요 |

這句話
韓語怎麼說

116

사다
買

例句

시장에서 야채를 사요.

si.jang.e.so*/ya.che*.reul/ssa.yo

在市場買蔬菜。

새 차 한 대를 샀어요.

se*/cha/han/de*.reul/ssa.sso*.yo

買了一台新車。

맛있는 거 사 주세요.

ma.sin.neun/go*/sa/ju.se.yo

請你買好吃的給我吃。

會話

A：뭘 사고 싶어요?

mwol/sa.go/si.po*.yo

你想買什麼？

B：가방을 사고 싶어요.

ga.bang.eul/ssa.go/si.po*.yo

我想買包包。

팔다

賣

例句

남성복은 어디서 팝니까?

nam.so*ng.bo.geun/o*.di.so*/pam.ni.ga

哪裡有賣男性服飾？

고향 땅을 팔았다.

go.hyang/dang.eul/pa.rat.da

賣了故鄉的地。

길에서 딸기를 팝니다.

gi.re.so*/dal.gi.reul/pam.ni.da

在路邊賣草莓。

다 팔았어요.

da/pa.ra.sso*.yo

都賣完了。

여기에서는 이런 거 안 팝니다.

yo*.gi.e.so*.neun/i.ro*n/go*/an/pam.ni.da

這裡不賣這種東西。

118

비싸다

貴

例句

질이 좋지만 값이 비싸요.

ji.ri/jo.chi.man/gap.ssi/bi.ssa.yo

雖然品質不錯，但價格很貴。

집 값이 너무 비싸요.

jip/gap.ssi/no*.mu/bi.ssa.yo

房價太貴了。

별로 안 비싸요.

byo*l.lo/an/bi.ssa.yo

不怎麼貴。

會話

A：카메라가 비쌉니까?

ka.me.ra.ga/bi.ssam.ni.ga

相機貴嗎？

B：네, 비쌉니다.

ne//bi.ssam.ni.da

是的，很貴。

싸다

便宜

119

會話一

A：과일이 비싸요?

gwa.i.ri/bi.ssa.yo

水果貴嗎？

B：아니요, 싸요.

a.ni.yo//ssa.yo

不，很便宜。

會話二

A：무엇이 쌉니까?

mu.o*.si/ssam.ni.ga

什麼便宜呢？

B：빵이 쌉니다.

bang.i/ssam.ni.da

麵包很便宜。

延伸單字

저렴하다　jo*.ryo*m.ha.da

低廉

120

쇼핑
購物

例句

우리 쇼핑 가자.
u.ri/syo.ping/ga.ja
我們去購物吧！

언니가 쇼핑하러 갔어요.
o*n.ni.ga/syo.ping.ha.ro*/ga.sso*.yo
姊姊去購物了。

어디로 쇼핑 갈까요?
o*.di.ro/syo.ping/gal.ga.yo
我們去哪邊逛街？

어제 쇼핑몰에서 많은 것들을 샀다.
o*.je/syo.ping.mo.re.so*/ma.neun/go*t.deu.reul/ssat.da
我昨天在購物中心買了很多東西。

저는 쇼핑을 좋아해요.
jo*.neun/syo.ping.eul/jjo.a.he*.yo
我喜歡逛街。

백화점

百貨公司

121

例句

서적 코너는 어디예요?

so*.jo*k/ko.no*.neun/o*.di.ye.yo

書籍區在哪裡？

누나가 백화점에서 일을 해요.

nu.na.ga/be*.kwa.jo*.me.so*/i.reul/he*.yo

姊姊在百貨公司上班。

백화점은 비싼 것만 팝니다.

be*.kwa.jo*.meun/bi.ssan/go*n.man/pam.ni.da

百貨公司只賣貴的東西。

백화점 지하이층에 슈퍼가 있어요.

be*.kwa.jo*m/ji.ha.i.cheung.e/syu.po*.ga/i.sso*.yo

百貨公司地下二樓有超市。

백화점 영업시간은 어떻게 돼요?

be*.kwa.jo*m/yo*ng.o*p.ssi.ga.neun/o*.do*.ke/dwe*.yo

百貨公司的營業時間是幾點到幾點？

122

면세점

免稅店

例句

서울에 있는 면세점은 어디예요?

so*.u.re/in.neun/myo*n.se.jo*.meun/o*.di.ye.yo

請問位於首爾的免稅店在哪裡？

면세점에서 술하고 담배를 샀어요.

myo*n.se.jo*.me.so*/sul.ha.go/dam.be*.reul/ssa.sso*.yo

在免稅店買了酒和香菸。

여기는 면세점입니까?

yo*.gi.neun/myo*n.se.jo*.mim.ni.ga

這裡是免稅店嗎？

중국어를 할 줄 아시는 분이 계십니까?

jung.gu.go*.reul/hal/jjul/a.si.neun/bu.ni/gye.sim.ni.ga

這裡有會說中文的人嗎？

면세점에 가서 명품 가방을 사고 싶어요.

myo*n.se.jo*.me/ga.so*/myo*ng.pum/ga.bang.eul/ssa.go/si.po*.yo

我想去免稅店買名牌包。

서점
書局

例句

책 한 권이 있습니다.

che*k/han/gwo.ni/it.sseum.ni.da

有一本書。

서점에서 소설책 다섯 권을 샀어요.

so*.jo*.me.so*/so.so*l.che*k/da.so*t/gwo.neul/ssa.sso*.yo

在書局買了五本小說。

패션 잡지는 어디에 있습니까?

pe*.syo*n/jap.jji.neun/o*.di.e/it.sseum.ni.ga

請問時裝雜誌在哪裡？

會話

A：이 만화책을 팝니까?

i/man.hwa.che*.geul/pam.ni.ga

有賣這本漫畫嗎？

B：잠시만요. 있는지 없는지 확인해 볼게요.

jam.si.ma.nyo//in.neun.ji/o*m.neun.ji/hwa.gin.he*/bol.ge.yo

請稍等，我去確認看看還有沒有。

124

문구점
文具店

例句

문구점은 세탁소 옆에 있어요.
mun.gu.jo*.meun/se.tak.sso/yo*.pe/i.sso*.yo
文具店在洗衣店旁邊。

지우개 하나 주세요.
ji.u.ge*/ha.na/ju.se.yo
請給我一個橡皮擦。

연필 한 자루에 얼마예요?
yo*n.pil/han/ja.ru.e/o*l.ma.ye.yo
一支鉛筆多少錢？

여기 가위도 팔아요?
yo*.gi/ga.wi.do/pa.ra.yo
這裡也有賣剪刀嗎？

공책 두 권하고 볼펜 하나 주세요.
gong.che*k/du/gwon.ha.go/bol.pen/ha.na/ju.se.yo
請給我兩本筆記本和一支原子筆。

가구점
家具店

125

會話

A：나 지금 가구점에 가. 너도 같이 가구를 보러 갈래?

na/ji.geum/ga.gu.jo*.me/ga//no*.do/ga.chi/ga.gu.reul/bo.ro*/gal.le*

我現在要去家具店，你要不要一起去看家具？

B：왜 갑자기 가구점에 가요?

we*/gap.jja.gi/ga.gu.jo*.me/ga.yo

為什麼突然要去家具店呢？

A：집에 있는 소파가 너무 오래돼서 소파를 바꾸려고.

ji.be/in.neun/so.pa.ga/no*.mu/o.re*.dwe*.so*/so.pa.reul/ba.gu.ryo*.go

家裡的沙發太舊了，想換掉。

B：그렇군요. 나도 같이 갈래요.

geu.ro*.ku.nyo//na.do/ga.chi/gal.le*.yo

這樣啊！我也要去。

延伸單字

중고 가구　jung.go/ga.gu

二手家具

126

안경점
眼鏡店

例句

안경 도수가 어떻게 돼요?
an.gyo*ng/do.su.ga/o*.do*.ke/dwe*.yo
你的眼鏡度數多少？

나는 써클렌즈를 안 껴요.
na.neun/sso*.keul.len.jeu.reul/an/gyo*.yo
我不戴放大片。

안경을 새로 맞췄어요.
an.gyo*ng.eul/sse*.ro/mat.chwo.sso*.yo
我新配了眼鏡。

보존액 한 병 주세요.
bo.jo.ne*k/han/byo*ng/ju.se.yo
請給我一瓶保存護理液。

안경렌즈가 깨졌어요.
an.gyo*ng.nen.jeu.ga/ge*.jo*.sso*.yo
鏡片破掉了。

옷
衣服

例句

옷을 한 벌 사려고요.
o.seul/han/bo*l/sa.ryo*.go.yo
我想買一件衣服。

옷이 참 예뻐요.
o.si/cham/ye.bo*.yo
衣服真美。

집 근처에 옷가게 하나 있습니다.
jip/geun.cho*.e/ot.ga.ge/ha.na/it.sseum.ni.da
家裡附近有一間服飾店。

이 옷은 너무 커요.
i/o.seun/no*.mu/ko*.yo
這件衣服太大件。

새옷을 입어요.
se*.o.seul/i.bo*.yo
穿新衣服。

128

바지

褲子

例句

반바지를 찾고 있습니다.

ban.ba.ji.reul/chat.go/it.sseum.ni.da

我在找短褲。

오늘은 더워서 청바지를 안 입어요.

o.neu.reun/do*.wo.so*/cho*ng.ba.ji.reul/an/i.bo*.yo

今天很熱我不穿牛仔褲。

이 바지가 너무 짧아요.

i/ba.ji.ga/no*.mu/jjal.ba.yo

這件褲子太短了。

會話

A：이 셔츠가 어때요?

i/syo*.cheu.ga/o*.de*.yo

這件襯衫怎麼樣？

B：예쁘네요. 그 바지하고 잘 어울려요.

ye.beu.ne.yo//geu/ba.ji.ha.go/jal//o*.ul.lyo*.yo

很好看耶！和那件褲子很搭。

치마
裙子

例句

긴치마를 사고 싶어요.

gin.chi.ma.reul/ssa.go/si.po*.yo

我想買長裙。

나는 치마 입으면 스타킹을 신어요.

na.neun/chi.ma/i.beu.myo*n/seu.ta.king.eul/ssi.no*.yo

我穿裙子就會穿絲襪。

올해는 치마바지가 유행해요.

ol.he*.neun/chi.ma.ba.ji.ga/yu.he*ng.he*.yo

今年褲裙很流行。

원피스를 입은 여자가 좋아요.

won.pi.seu.reul/i.beun/yo*.ja.ga/jo.a.yo

我喜歡穿連身洋裝的女生。

미니스커트 입은 여자는 섹시해요.

mi.ni.seu.ko*.teu/i.beun/yo*.ja.neun/sek.ssi.he*.yo

穿迷你裙的女生很性感。

130

외투
外套

會話一

A：좀 춥네요.

jom/chum.ne.yo

有點冷呢！

B：추우면 내 외투를 입어요.

chu.u.myo*n/ne*/we.tu.reul/i.bo*.yo

冷的話就穿我的外套吧。

會話二

A：외투 하나 사고 싶은데요.

we.tu/ha.na/sa.go/si.peun.de.yo

我想買一件外套。

B：그럼 백화점에 갑시다.

geu.ro*m/be*.kwa.jo*.me/gap.ssi.da

那我們去百貨公司吧。

延伸單字

코트　ko.teu

大衣、外套

패션잡화
流行小物

131

例句

모자를 하나 사고 싶은데요.

mo.ja.reul/ha.na/sa.go/si.peun.de.yo

我想買一頂帽子。

머리띠가 귀여워요.

mo*.ri.di.ga/gwi.yo*.wo.yo

髮圈很可愛。

검은색 허리띠가 있습니까?

go*.meun.se*k/ho*.ri.di.ga/it.sseum.ni.ga

有黑色的皮帶嗎？

이 선글라스를 착용해 봐도 돼요?

i/so*n.geul.la.seu.reul/cha.gyong.he*/bwa.do/dwe*.yo

我可以試戴這副太陽眼鏡嗎？

양말 한 켤레 주세요.

yang.mal/han/kyo*l.le/ju.se.yo

請給我一雙襪子。

132

가방
包包

例句

가방을 들어요.
ga.bang.eul/deu.ro*.yo
拿包包。

가방 좀 열어 주세요.
ga.bang/jom/yo*.ro*/ju.se.yo
請把包包打開。

어머님께 명품백을 선물해 줬어요.
o*.mo*.nim.ge/myo*ng.pum.be*.geul/sso*n.mul.he*/jwo.sso*.yo
送媽媽名牌包了。

가방 안에 뭐가 들어 있어요?
ga.bang/a.ne/mwo.ga/deu.ro*/i.sso*.yo
包包裡面裝有什麼？

배낭을 메고 등산 갑시다.
be*.nang.eul/me.go/deung.san/gap.ssi.da
我們背背包去爬山吧。

액세서리
飾品

133

例句

다이아몬드 반지를 받았어요.

da.i.a.mon.deu/ban.ji.reul/ba.da.sso*.yo

我收到鑽石戒指了。

이거 몇 캐럿이에요?

i.go*/myo*t/ke*.ro*.si.e.yo

這個是幾克拉？

이 귀걸이가 얼마에요?

i/gwi.go*.ri.ga/o*l.ma.e.yo

這副耳環多少錢？

요즘 금값이 어떻게 돼요?

yo.jeum/geum.gap.ssi/o*.do*.ke/dwe*.yo

最近金的價格是多少？

저는 보석을 좋아해요.

jo*.neun/bo.so*.geul/jjo.a.he*.yo

我喜歡寶石。

134

넥타이

領帶

例句

넥타이를 매다.

nek.ta.i.reul/me*.da

系領帶。

넥타이 매는 법.

nek.ta.i/me*.neun/bo*p

系領帶的方法。

넥타이핀을 꽂아요.

nek.ta.i.pi.neul/go.ja.yo

別領帶夾。

면접을 볼 때 넥타이를 꼭 매요.

myo*n.jo*.beul/bol/de*/nek.ta.i.reul/gok/me*.yo

面試的時候，一定要打領帶。

저는 넥타이를 안 매는데요.

jo*.neun/nek.ta.i.reul/an/me*.neun.de.yo

我不打領帶的。

모자
帽子

例句

모자를 쓰다.

mo.ja.reul/sseu.da

戴帽子。

모자를 벗으세요.

mo.ja.reul/bo*.seu.se.yo

請把帽子拿下來。

會話

A：파란색 모자를 쓴 남자가 누구예요?

pa.ran.se*k/mo.ja.reul/sseun/nam.ja.ga/nu.gu.ye.yo

戴藍色帽子的男生是誰？

B：내 동생이에요.

ne*/dong.se*ng.i.e.yo

是我弟弟。

延伸單字

야구모자　ya.gu.mo.ja

棒球帽

136

신발
鞋子

例句

신발 좀 신어 봐도 돼요?

sin.bal/jjom/si.no*/bwa.do/dwe*.yo

我可以試穿鞋子嗎？

구두를 신고 회사에 가요.

gu.du.reul/ssin.go/hwe.sa.e/ga.yo

穿皮鞋去公司。

높은 구두를 신으면 발이 아파요.

no.peun/gu.du.reul/ssi.neu.myo*n/ba.ri/a.pa.yo

穿高跟鞋，腳會痛。

운동화 한 켤레를 사려고 해요.

un.dong.hwa/han/kyo*l.le.reul/ssa.ryo*.go/he*.yo

打算買一雙運動鞋。

새 신발 신었구나.

se*/sin.bal/ssi.no*t.gu.na

你穿新鞋啊！

색깔
顏色

137

例句

다른 색이 있습니까?
da.reun/se*.gi/it.sseum.ni.ga
有其他顏色嗎？

색깔이 예쁩니다.
se*k.ga.ri/ye.beum.ni.da
顏色很漂亮。

진한 색이 좋아요.
jin.han/se*.gi/jo.a.yo
我喜歡深色。

빨간색으로 주세요.
bal.gan.se*.geu.ro/ju.se.yo
請給我紅色。

옅은 색으로 보여 주세요.
yo*.teun/se*.geu.ro/bo.yo*/ju.se.yo
請給我看看淺色的。

138

사이즈
尺寸

例句

작은 사이즈가 없습니까?

ja.geun/sa.i.jeu.ga/o*p.sseum.ni.ga

沒有小號的尺寸嗎？

큰 사이즈로 주세요.

keun/sa.i.jeu.ro/ju.se.yo

請給我大號的尺寸。

신발 사이즈가 어떻게 되세요?

sin.bal/ssa.i.jeu.ga/o*.do*.ke/dwe.se.yo

您腳的尺寸是多少？

저는 245사이즈를 신어요.

jo*.neun/i.be*k.ssa.si.bo.sa.i.jeu.reul/ssi.no*.yo

我穿245號。

스몰사이즈로 보여 주세요.

seu.mol.sa.i.jeu.ro/bo.yo*/ju.se.yo

請給我看Ｓ號的。

스타일
樣式

139

例句

땡땡이무늬 치마.
de*ng.de*ng.i.mu.ni/chi.ma
圓點花紋裙子。

호피무늬 수영복.
ho.pi.mu.ni/su.yo*ng.bok
豹紋泳裝。

레이스 원피스.
re.i.seu/won.pi.seu
蕾絲連身洋裝。

체크무늬 바지.
che.keu.mu.ni/ba.ji
格子紋褲子。

하트무늬 스타킹.
ha.teu.mu.ni/seu.ta.king
愛心花紋絲襪。

140

화장품
化妝品

例句

나 오늘 화장 안 했어요.

na/o.neul/hwa.jang/an/he*.sso*.yo

我今天沒化妝。

면세점에서 화장품을 많이 샀어요.

myo*n.se.jo*.me.so*/hwa.jang.pu.meul/ma.ni/sa.sso*.yo

我在免稅商店買了很多化妝品。

립스틱 좀 발라 봐도 돼요?

rip.sseu.tik/jom/bal.la/bwa.do/dwe*.yo

我可以試擦口紅嗎？

마스카라 좀 추천해 주세요.

ma.seu.ka.ra/jom/chu.cho*n.he*/ju.se.yo

請推薦睫毛膏給我。

延伸單字

화장실　hwa.jang.sil

化妝室

향수
香水

例句

향수를 뿌리지 마.

hyang.su.reul/bu.ri.ji/ma

你不要噴香水。

저는 향수 안 써요.

jo*.neun/hyang.su/an/sso*.yo

我不噴香水。

會話

A：너 향수 뿌렸어?

no*/hyang.su/bu.ryo*.sso*

你噴香水嗎？

B：아니, 안 뿌렸는데.

a.ni//an/bu.ryo*n.neun.de

沒有阿，我沒噴。

A：이게 무슨 냄새야?

i.ge/mu.seun/ne*m.se*.ya

這是什麼味道啊？

142

고르다
挑選

例句

천천히 골라 보세요.

cho*n.cho*n.hi/gol.la/bo.se.yo

請慢慢挑選。

하나 골라 주세요.

ha.na/gol.la/ju.se.yo

請挑選一個。

마음에 드는 거 고르세요.

ma.eu.me/deu.neun/go*/go.reu.se.yo

請挑選您喜歡的。

뭘 골랐어요?

mwol/gol.la.sso*.yo

你挑了什麼？

네가 고르는 게 좋을 것 같아.

ne.ga/go.reu.neun/ge/jo.eul/go*t/ga.ta

你來挑比較妥當。

구경

參觀

143

例句

꽃 구경을 갑시다!

got/gu.gyo*ng.eul/gap.ssi.da

一起去賞花吧！

들어와서 구경하세요.

deu.ro*.wa.so*/gu.gyo*ng.ha.se.yo

請進來參觀。

천천히 구경하세요.

cho*n.cho*n.hi/gu.gyo*ng.ha.se.yo

請慢慢看。

지금 다른 곳을 구경하러 갈 거예요.

ji.geum/da.reun/go.seul/gu.gyo*ng.ha.ro*/gal/go*.ye.yo

現在我要去逛其他地方。

직접 와서 구경해 봐요.

jik.jjo*p/wa.so*/gu.gyo*ng.he*/bwa.yo

你親自來參觀吧！

144

샘플
樣品

例句

무료 샘플을 보내 드리겠습니다.

mu.ryo/se*m.peu.reul/bo.ne*/deu.ri.get.sseum.ni.da

我會寄免費的樣品給您。

샘플 하나 주세요.

se*m.peul/ha.na/ju.se.yo

請給我一個樣品。

저한테 화장품 샘플이 너무 많아요.

jo*.han.te/hwa.jang.pum/se*m.peu.ri/no*.mu/ma.na.yo

我有很多化妝品試用包。

샘플 받았어요. 고마워요.

se*m.peul/ba.da.sso*.yo//go.ma.wo.yo

我收到樣品了，謝謝。

이것은 증정품입니다.

i.go*.seun/jeung.jo*ng.pu.mim.ni.da

這個是贈品。

할인
折扣

145

例句

선배한테 할인쿠폰을 받았어요.

so*n.be*.han.te/ha.rin.ku.po.neul/ba.da.sso*.yo

從學長那拿到了折價券。

20% 할인 판매 중입니다.

i.sip.peu.ro.ha.rin/pan.me*/jung.im.ni.da

目前打八折販賣中。

30% 할인하면 얼마예요?

sam.sip.peu.ro/ha.rin.ha.myo*n/o*l.ma.ye.yo

打七折後是多少錢？

會話

A：할인해 주세요.

ha.rin.he*/ju.se.yo

請打折給我。

B：50% 할인해 드릴게요.

o.sip.peu.ro/ha.rin.he*/deu.ril.ge.yo

我打五折給你。

146

가격
價格

例句

모두 얼마입니까?

mo.du/o*l.ma.im.ni.ga

總共多少錢？

가격표가 안 보이네요.

ga.gyo*k.pyo.ga/an/bo.i.ne.yo

我沒看到價格標籤。

옷 한 벌에 만원이에요.

ot/han/bo*.re/ma.nwo.ni.e.yo

衣服一件一萬韓圜。

會話

A：아줌마, 이거 얼마예요?

a.jum.ma//i.go*/o*l.ma.ye.yo

阿姨，這個多少錢？

B：한 개에 오천원입니다.

han/ge*.e/o.cho*.nwo.nim.ni.da

一個五千韓圜。

값 깎기

147

殺價

例句

가격이 너무 비쌉니다.

ga.gyo*.gi/no*.mu/bi.ssam.ni.da

價格太貴了。

더 싼 거 없어요?

do*/ssan/go*/o*p.sso*.yo

沒有更便宜一點的嗎？

싸게 주세요.

ssa.ge/ju.se.yo

請算我便宜一點。

좀 더 깎아 주세요.

jom/do*/ga.ga/ju.se.yo

請再算便宜一點。

이 할인쿠폰을 사용할 수 있나요?

i/ha.rin.ku.po.neul/ssa.yong.hal/ssu/in.na.yo

我可以用這張折價券嗎？

148

계산대
結帳台

例句

계산해 주세요.
gye.san.he*/ju.se.yo
請幫我結帳。

현금으로 하시겠어요?
hyo*n.geu.meu.ro/ha.si.ge.sso*.yo
您要用現金付款嗎？

아니면 카드로 하시겠어요?
a.ni.myo*n/ka.deu.ro/ha.si.ge.sso*.yo
還是要刷卡？

會話

A：계산대가 어디입니까?
gye.san.de*.ga/o*.di.im.ni.ga
請問結帳台在哪裡？
B：계산대는 아래층에 있습니다.
gye.san.de*.neun/a.re*.cheung.e/it.sseum.ni.da
結帳台在樓下。

현금
現金

149

例句

현금으로 계산할게요.

hyo*n.geu.meu.ro/gye.san.hal.ge.yo

我用現金付款。

현금이 부족합니다.

hyo*n.geu.mi/bu.jo.kam.ni.da

我現金不夠。

현금이 없는데 카드로 내도 돼요?

hyo*n.geu.mi/o*m.neun.de/ka.deu.ro/ne*.do/dwe*.yo

我沒有現金，可以刷卡嗎？

여기에 현금인출기가 있어요.

yo*.gi.e/hyo*n.geu.min.chul.gi.ga/i.sso*.yo

這裡有ATM。

나 지금 현금으로 백만원이 있어요.

na/ji.geum/hyo*n.geu.meu.ro/be*ng.ma.nwo.ni/i.sso*.yo

我現在現金有一百萬韓圜。

150

영수증
收據

例句

영수증을 주세요.
yo*ng.su.jeung.eul/jju.se.yo
請給我收據。

영수증 아직 안 주셨는데요.
yo*ng.su.jeung/a.jik/an/ju.syo*n.neun.de.yo
您還沒給我收據。

환불하시려면 영수증이 필요합니다.
hwan.bul.ha.si.ryo*.myo*n/yo*ng.su.jeung.i/pi.ryo.ham.ni.da
如果您想退費，就需要收據。

영수증을 안 가져 왔어요.
yo*ng.su.jeung.eul/an/ga.jo*/wa.sso*.yo
我沒帶收據來。

계산할 때 꼭 영수증을 받으세요.
gye.san.hal/de*/gok/yo*ng.su.jeung.eul/ba.deu.se.yo
結帳時一定要拿收據。

포장
包裝

例句

포장지로 포장해주세요.
po.jang.ji.ro/po.jang.he*.ju.se.yo
請用包裝紙幫我包裝。

예쁘게 포장해 주세요.
ye.beu.ge/po.jang.he*/ju.se.yo
請幫我包裝得漂亮一點。

따로따로 포장해 주세요.
da.ro.da.ro/po.jang.he*/ju.se.yo
請幫我分開包裝。

포장 안 하셔도 됩니다.
po.jang/an/ha.syo*.do/dwem.ni.da
您可以不用包裝。

남은 음식은 좀 싸 주세요.
na.meun/eum.si.geun/jom/ssa/ju.se.yo
剩下的食物請幫我打包。

152

교환
換貨

例句

교환되나요?

gyo.hwan.dwe.na.yo

可以換貨嗎？

교환해 주세요.

gyo.hwan.he*/ju.se.yo

請幫我換貨。

다른 색으로 바꿔 주세요.

da.reun/se*.geu.ro/ba.gwo/ju.se.yo

請幫我換其他顏色。

더 큰 걸로 바꿔 주시겠어요?

do*/keun/go*l.lo/ba.gwo/ju.si.ge.sso*.yo

可以幫我換大一點的嗎？

다른 걸로 교환할 수 있어요?

da.reun/go*l.lo/gyo.hwan.hal/ssu/i.sso*.yo

可以換成別的嗎？

환불
退費

153

例句

이것은 환불 가능합니까?

i.go*.seun/hwan.bul/ga.neung.ham.ni.ga

這個可以退費嗎？

죄송합니다. 환불이 불가능합니다.

jwe.song.ham.ni.da//hwan.bu.ri/bul.ga.neung.ham.ni.da

對不起，不可以退費。

환불해 주세요.

hwan.bul.he*/ju.se.yo

請幫我退費。

환불 부탁드립니다.

hwan.bul/bu.tak.deu.rim.ni.da

麻煩您幫我退費。

영수증을 보여 주세요.

yo*ng.su.jeung.eul/bo.yo*/ju.se.yo

請出示收據。

這句話

| 이거 한국어로 어떻게 말해요 |

韓語怎麼說

Chapter.06

品嚐美食篇

| 이거 한국어로 어떻게 말해요 |

這句話
韓語怎麼說

154

먹다
吃

例句

아침부터 아무것도 못 먹었어요.
a.chim.bu.to*/a.mu.go*t.do/mot/mo*.go*.sso*.yo
從早上就什麼都沒吃了。

저녁에 피자를 먹을 거야.
jo*.nyo*.ge/pi.ja.reul/mo*.geul/go*.ya
晚上我要吃披薩。

난 순두부찌개를 먹을래요.
nan/sun.du.bu.jji.ge*.reul/mo*.geul.le*.yo
我要吃嫩豆腐鍋。

會話

A：뭐 먹고 싶어요?
mwo/mo*k.go/si.po*.yo
你想吃什麼？
B：카레덮밥을 먹고 싶어요.
ka.re.do*p.ba.beul/mo*k.go/si.po*.yo
我想吃咖哩飯。

못 먹다
不敢吃

155

例句

회를 못 드세요?

hwe.reul/mot/deu.se.yo

您不敢吃生魚片嗎？

난 못 먹는 것이 없다.

nan/mot/mo*ng.neun/go*.si/o*p.da

我沒有不敢吃的東西。

알레르기가 있어서 해산물을 거의 못 먹어요.

al.le.reu.gi.ga/i.sso*.so*/he*.san.mu.reul/go*.ui/mot/mo*.go*.yo

我有過敏，海鮮幾乎都不能吃。

會話

A：매운 걸 못 먹어요?

me*.un/go*l/mot/mo*.go*.yo

你不敢吃辣嗎？

B：네, 못 먹어요.

ne//mot/mo*.go*.yo

對，不敢吃。

156

마시다

喝

例句

녹차를 마셔요.

nok.cha.reul/ma.syo*.yo

喝綠茶。

콜라를 사서 마셨다.

kol.la.reul/ssa.so*/ma.syo*t.da

買可樂來喝了。

너 술 마셨어?

no*/sul/ma.syo*.sso*

你喝酒了嗎？

會話

A：막걸리도 마실까요?

mak.go*l.li.do/ma.sil.ga.yo

我們也喝米酒好嗎？

B：네, 막걸리도 마십시다.

ne//mak.go*l.li.do/ma.sip.ssi.da

好，我們也喝米酒吧。

드시다

吃、喝（敬語）

157

例句

많이 드세요.

ma.ni/deu.se.yo

請多吃一點。

얼른 드십시오.

o*l.leun/deu.sip.ssi.o

請趕快用餐。

저녁에 뭘 드셨어요?

jo*.nyo*.ge/mwol/deu.syo*.sso*.yo

晚上您吃了什麼？

會話

A：뭘 드시겠어요?

mwol/deu.si.ge.sso*.yo

您要吃什麼？

B：돈가스덮밥으로 주세요.

don.ga.seu.do*p.ba.beu.ro/ju.se.yo

請給我炸豬排飯。

158

배고프다
肚子餓

例句

배 안 고파?

be*/an/go.pa

你不餓嗎？

아침에 빵을 먹어서 안 고파요.

a.chi.me/bang.eul/mo*.go*.so*/an/go.pa.yo

早上吃了麵包不餓。

배 고파 죽겠어요.

be*/go.pa/juk.ge.sso*.yo

肚子快餓死了。

會話

A：배 고파. 먹을 거 없어?

be*/go.pa//mo*.geul/go*/o*p.sso*

肚子餓了，沒有吃的嗎？

B：식탁 위에 과일하고 라면이 있어.

sik.tak/wi.e/gwa.il.ha.go/ra.myo*.ni/i.sso*

餐桌上有水果和泡麵。

식사
用餐

例句

교수님은 점심식사 하러 가셨어요.

gyo.su.ni.meun/jo*m.sim.sik.ssa/ha.ro*/ga.syo*.sso*.yo

教授去吃午餐了。

會話一

A：어디서 식사해요?

o*.di.so*/sik.ssa.he*.yo

你在哪裡用餐？

B：집에서 식사해요.

ji.be.so*/sik.ssa.he*.yo

我在家裡用餐。

會話二

A：식사하셨어요?

sik.ssa.ha.syo*.sso*.yo

您用餐了嗎？

B：네, 식사했어요.

ne//sik.ssa.he*.sso*.yo

對，我吃過了。

160

음식
食物

例句

음식 종류가 많네요.

eum.sik/jong.nyu.ga/man.ne.yo

食物種類很多呢！

비빔밥은 한국 음식입니다.

bi.bim.ba.beun/han.guk/eum.si.gim.ni.da

拌飯是韓國菜。

피부에 좋은 음식이 뭐예요?

pi.bu.e/jo.eun/eum.si.gi/mwo.ye.yo

對皮膚不錯的食物是什麼？

會話

A：맛있는 음식을 준비해 주세요.

ma.sin.neun/eum.si.geul/jjun.bi.he*/ju.se.yo

請你準備好吃的食物。

B：네, 준비할게요.

ne//jun.bi.hal.ge.yo

好，我會準備。

요리

161

料理、菜

例句

두부 요리를 좋아해요?

du.bu/yo.ri.reul/jjo.a.he*.yo

你喜歡豆腐料理嗎？

오늘은 프랑스요리 먹고 싶구나.

o.neu.reun/peu.rang.seu.yo.ri/mo*k.go/sip.gu.na

今天想吃法國料理呢！

會話

A：이것은 무슨 요리입니까?

i.go*.seun/mu.seun/yo.ri.im.ni.ga

這是什麼菜？

B：그것은 감자탕입니다.

geu.go*.seun/gam.ja.tang.im.ni.da

那是馬鈴薯豬骨湯。

延伸單字

요리책　yo.ri.che*k

食譜

162

밥
飯

例句

우리 밥 먹자.
u.ri/bap/mo*k.jja
我們吃飯吧。

공기밥 한 그릇 주세요.
gong.gi.bap/han/geu.reut/ju.se.yo
請給我一碗白飯。

편의점에서 주먹밥을 샀어요.
pyo*.nui.jo*.me.so*/ju.mo*k.ba.beul/ssa.sso*.yo
在便利商店買了飯糰。

일본사람은 초밥을 좋아해요.
il.bon.sa.ra.meun/cho.ba.beul/jjo.a.he*.yo
日本人喜歡吃壽司。

엄마, 집에 쌀이 떨어졌어요.
o*m.ma//ji.be/ssa.ri/do*.ro*.jo*.sso*.yo
媽媽，家裡沒米了。

국수
麵

例句

나는 밥보다 국수 더 좋아해요.
na.neun/bap.bo.da/guk.ssu/do*/jo.a.he*.yo
比起飯我更喜歡吃麵。

할아버지가 면식을 즐겨 드세요.
ha.ra.bo*.ji.ga/myo*n.si.geul/jjeul.gyo*/deu.se.yo
爺爺愛吃麵食。

회사 근처에 라면 맛집이 있습니다.
hwe.sa/geun.cho*.e/ra.myo*n/mat.jji.bi/it.sseum.ni.da
公司附近有好吃的拉麵店。

점심에 우동을 먹고 싶어요.
jo*m.si.me/u.dong.eul/mo*k.go/si.po*.yo
中午時我想吃烏龍麵。

더운 날에 시원한 냉면이 최고예요.
do*.un/na.re/si.won.han/ne*ng.myo*.ni/chwe.go.ye.yo
炎熱的日子吃冰涼的冷麵最棒了！

164

식기
餐具

例句

그릇들이 식탁 위에 있어요.

geu.reut.deu.ri/sik.tak/wi.e/i.sso*.yo

碗盤在餐桌上。

칼로 스테이크를 썰어요.

kal.lo/seu.te.i.keu.reul/sso*.ro*.yo

用刀子切牛排。

포크로 과일을 먹어요.

po.keu.ro/gwa.i.reul/mo*.go*.yo

用叉子吃水果。

젓가락 하나 갖다 주세요.

jo*t.ga.rak/ha.na/gat.da/ju.se.yo

請拿一雙筷子給我。

한국사람들이 숟가락으로 밥을 먹어요.

han.guk.ssa.ram.deu.ri/sut.ga.ra.geu.ro/ba.beul/mo*.go*.yo

韓國人用湯匙吃飯。

음식 만들기
煮菜

165

例句

자장면 만드는 법을 가르쳐 주세요.

ja.jang.myo*n/man.deu.neun/bo*.beul/ga.reu.cho*/ju.se.yo

請告訴我製做炸醬麵的方法。

배고파. 볶음밥을 만들어 줘.

be*.go.pa//bo.geum.ba.beul/man.deu.ro*/jwo

肚子餓了，你做炒飯給我吃。

會話

A：요리할 줄 아세요?

yo.ri.hal/jjul/a.se.yo

你會煮飯嗎？

B：아니요, 요리할 줄 몰라요.

a.ni.yo//yo.ri.hal/jjul/mol.la.yo

不，我不會煮飯。

延伸單字

레시피　re.si.pi

烹飪法、配方

166

부엌
廚房

會話一

A：너 부엌에서 뭐 해?

no*/bu.o*.ke.so*/mwo/he*

你在廚房幹嘛？

B：만두를 만들고 있어.

man.du.reul/man.deul.go/i.sso*

我在包水餃。

A：도와 줄까?

do.wa/jul.ga

要幫你嗎？

會話二

A：어머니가 어디에 계세요?

o*.mo*.ni.ga/o*.di.e/gye.se.yo

媽媽在哪裡？

B：부엌에 계세요.

bu.o*.ke/gye.se.yo

在廚房。

음식재료

食材

167

例句

이 요리는 많은 재료가 필요하다.

i/yo.ri.neun/ma.neun/je*.ryo.ga/pi.ryo.ha.da

這道菜需要很多食材。

저녁에 전골을 먹을 거니까 재료들 좀 사 와.

jo*.nyo*.ge/jo*n.go.reul/mo*.geul/go*.ni.ga/je*.ryo.deul/jjom/sa/wa

晚上要吃火鍋，你去買材料。

한우가 가장 비쌉니다.

ha.nu.ga/ga.jang/bi.ssam.ni.da

韓牛最貴。

사장에 가서 야채하고 고기를 샀다.

sa.jang.e/ga.so*/ya.che*.ha.go/go.gi.reul/ssat.da

去市場買了蔬菜和肉。

나 돼지고기를 사 왔어요.

na/dwe*.ji.go.gi.reul/ssa/wa.sso*.yo

我買豬肉回來了。

168

아침식사
早餐

例句

아침에 우유만 마셨다.

a.chi.me/u.yu.man/ma.syo*t.da

早上只喝了牛奶。

아침으로 샌드위치를 먹었어요.

a.chi.meu.ro/se*n.deu.wi.chi.reul/mo*.go*.sso*.yo

早餐吃了三明治。

아침을 먹지 못했어요.

a.chi.meul/mo*k.jji/mo.te*.sso*.yo

沒能吃到早餐。

會話

A：아침은 먹었어? 같이 먹을래?

a.chi.meun/mo*.go*.sso*//ga.chi/mo*.geul.le*

你有吃早餐嗎？要一起吃嗎？

B：나 김밥 한 줄 먹었어.

na/gim.bap/han/jul/mo*.go*.sso*

我吃了一條紫菜飯捲。

점심식사
午餐

169

例句

우리 삼계탕을 먹으러 가자.
u.ri/sam.gye.tang.eul/mo*.geu.ro*/ga.ja
我們去吃蔘雞湯吧。

점심은 같이 먹을까요?
jo*m.si.meun/ga.chi/mo*.geul.ga.yo
午餐要不要一起吃？

선배님, 점심 사 주세요.
so*n.be*.nim//jo*m.sim/sa/ju.se.yo
前輩，請我吃午餐。

會話

A：어디에서 점심을 먹습니까?
o*.di.e.so*/jo*m.si.meul/mo*k.sseum.ni.ga
你在哪裡吃午餐？

B：학생 식당에서 점심을 먹습니다.
hak.sse*ng/sik.dang.e.so*/jo*m.si.meul/mo*k.sseum.ni.da
我在學生餐廳吃午餐。

170

저녁식사
晚餐

例句

다이어트 중인데 저녁을 안 먹어요.

da.i.o*.teu/jung.in.de/jo*.nyo*.geul/an/mo*.go*.yo

我在減肥，不吃晚餐。

會話一

A：누구랑 같이 저녁을 먹었어?

nu.gu.rang/ga.chi/jo*.nyo*.geul/mo*.go*.sso*

你是跟誰一起吃晚餐？

B：미연 누나랑 같이 먹었어.

mi.yo*n/nu.na.rang/ga.chi/mo*.go*.sso*

我跟美妍姊一起吃的。

會話二

A：오늘 저녁은 정말로 유쾌했습니다.

o.neul/jjo*.nyo*.geun/jo*ng.mal.lo/yu.kwe*.he*t.sseum.ni.da

今天的晚餐我很愉快。

B：다음에 또 같이 밥 먹어요.

da.eu.me/do/ga.chi/bap/mo*.go*.yo

下次再一起吃飯吧。

디저트
甜點

171

例句

초콜릿 아이스크림으로 주세요.

cho.kol.lit/a.i.seu.keu.ri.meu.ro/ju.se.yo

請給我巧克力冰淇淋。

푸딩을 먹고 싶어요.

pu.ding.eul/mo*k.go/si.po*.yo

我想吃布丁。

딸기 와플도 맛있습니다.

dal.gi/wa.peul.do/ma.sit.sseum.ni.da

草莓鬆餅也很好吃。

마카롱이 너무 달아요.

ma.ka.rong.i/no*.mu/da.ra.yo

馬卡龍很甜。

간식을 너무 많이 먹지 않도록 합시다 .

gan.si.geul/no*.mu/ma.ni/mo*k.jji//an.to.rok/hap.ssi.da

我們不要吃太多零食吧。

172

음료수
飲料

例句

탄산음료를 마시지 마요.
tan.sa.neum.nyo.reul/ma.si.ji/ma.yo
不要喝碳酸飲料。

홍차 한 잔 주세요.
hong.cha/han/jan/ju.se.yo
請給我一杯紅茶。

대만 우롱차가 유명합니다.
de*.man/u.rong.cha.ga/yu.myo*ng.ham.ni.da
台灣烏龍茶很有名。

대만 밀크티를 마셔 본 적 있어요?
de*.man/mil.keu.ti.reul/ma.syo*/bon/jo*k/i.sso*.yo
你有喝過台灣的奶茶嗎？

이 주스는 포도로 만들었어요.
i/ju.seu.neun/po.do.ro/man.deu.ro*.sso*.yo
這個果汁是用葡萄製成的。

커피숍

咖啡廳

173

例句

졸리면 커피를 마셔라.

jol.li.myo*n/ko*.pi.reul/ma.syo*.ra

想睡覺，就喝咖啡。

커피 한 잔 합시다.

ko*.pi/han/jan/hap.ssi.da

我們喝杯咖啡吧。

카푸치노 두 잔 주세요.

ka.pu.chi.no/du/jan/ju.se.yo

請給我兩杯卡布奇諾。

아메리카노보다 카페라떼가 더 좋아요.

a.me.ri.ka.no.bo.da/ka.pe.ra.de.ga/do*/jo.a.yo

比起美式咖啡我更喜歡拿鐵咖啡。

밤에 커피를 마시지 않는게 좋아요.

ba.me/ko*.pi.reul/ma.si.ji/an.neun.ge/jo.a.yo

晚上不要喝咖啡比較好。

174

제과점
麵包店

例句

프랑스 사람들은 빵을 좋아합니다.
peu.rang.seu/sa.ram.deu.reun/bang.eul/jjo.a.ham.ni.da
法國人喜歡吃麵包。

빵집에서 식빵을 샀어요.
bang.ji.be.so*/sik.bang.eul/ssa.sso*.yo
在麵包店買了土司。

여기 에그타르트가 맛있어요.
yo*.gi/e.geu.ta.reu.teu.ga/ma.si.sso*.yo
這裡的蛋塔很好吃。

생일 케이크를 주문하고 싶은데요.
se*ng.il/ke.i.keu.reul/jju.mun.ha.go/si.peun.de.yo
我想訂生日蛋糕。

팥빵 세 개에 얼마예요?
pat.bang/se/ge*.e/o*l.ma.ye.yo
三個紅豆麵包多少錢？

식당
餐館

175

例句

지하철역 근처에 식당이 많이 있어요.

ji.ha.cho*.ryo*k/geun.cho*.e/sik.dang.i/ma.ni/i.sso*.yo

地鐵站附近有很多餐館。

식당에 손님이 많네요.

sik.dang.e/son.ni.mi/man.ne.yo

餐廳裡客人很多呢！

이 식당 음식이 맛없어요.

i/sik.dang/eum.si.gi/ma.do*p.sso*.yo

這間餐館的東西不好吃。

會話

A：지금 어디야?

ji.geum/o*.di.ya

你現在在哪？

B：나 학생 식당에 있어.

na/hak.sse*ng/sik.dang.e/i.sso*

我在學生餐館。

176

레스토랑
餐廳

例句

비싼 레스토랑.

bi.ssan/re.seu.to.rang

昂貴的餐廳。

남친이랑 레스토랑에서 저녁을 먹었다.

nam.chi.ni.rang/re.seu.to.rang.e.so*/jo*.nyo*.geul/mo*.go*t.da

跟男朋友在餐廳吃了晚餐。

저는 레스토랑 종업원입니다.

jo*.neun/re.seu.to.rang/jong.o*.bwo.nim.ni.da

我是餐廳服務生。

會話

A：어서 오세요. 몇 분이세요?

o*.so*/o.se.yo//myo*t/bu.ni.se.yo

歡迎光臨，有幾位？

B：세 명이에요.

se/myo*ng.i.e.yo

有三個人。

주문하기
點餐

177

例句

메뉴를 한 번 보시죠.

me.nyu.reul/han/bo*n/bo.si.jyo

請看一下菜單。

추천 메뉴는 무엇입니까?

chu.cho*n/me.nyu.neun/mu.o*.sim.ni.ga

您推薦什麼菜？

새우크림 스파게티로 주세요.

se*.u.keu.rim/seu.pa.ge.ti.ro/ju.se.yo

請給我鮮蝦奶油義大利麵。

스테이크는 반정도 익혀 주세요.

seu.te.i.keu.neun/ban.jo*ng.do/i.kyo*/ju.se.yo

牛排要五分熟。

와인 한 병 주세요.

wa.in/han/byo*ng/ju.se.yo

請給我一瓶紅酒。

178

식당 서비스

餐廳服務

例句

이거 다시 한 번 구워 주세요.

i.go*/da.si/han/bo*n/gu.wo/ju.se.yo

這個請幫我再烤一下。

내 스프가 다 식었어요. 데워 주세요.

ne*/seu.peu.ga/da/si.go*.sso*.yo//de.wo/ju.se.yo

我的湯都冷了，請幫我加熱。

포크하고 칼 좀 바꿔 주시겠습니까?

po.keu.ha.go/kal/jjom/ba.gwo/ju.si.get.sseum.ni.ga

可以幫我更換叉子和刀子嗎？

후춧가루가 있습니까?

hu.chut.ga.ru.ga/it.sseum.ni.ga

有胡椒粉嗎？

계산서를 주십시오.

gye.san.so*.reul/jju.sip.ssi.o

請給我帳單。

맛
味道

179

例句

신 맛이 납니다.
sin/ma.si/nam.ni.da
有酸味。

국물이 짜요.
gung.mu.ri/jja.yo
菜湯很鹹。

국이 조금 싱거워요.
gu.gi/jo.geum/sing.go*.wo.yo
湯味道有點淡。

닭갈비가 맛있지만 매워요.
dak.gal.bi.ga/ma.sit.jji.man/me*.wo.yo
雞排雖好吃，但很辣。

고기는 너무 질겨요.
go.gi.neun/no*.mu/jil.gyo*.yo
肉太硬了。

180

음식 평가하기
評價食物

例句

전복죽이 맛있어요.

jo*n.bok.jju.gi/ma.si.sso*.yo

鮑魚粥好吃。

會話一

A：이건 내가 직접 만든 케이크야. 먹어 봐.

i.go*n/ne*.ga/jik.jjo*p/man.deun/ke.i.keu.ya//mo*.go*/bwa

這是我親手做的蛋糕，吃吃看吧！

B：음. 맛있네. 제법인데.

eum//ma.sin.ne//je.bo*.bin.de

恩…好吃耶！不錯嘛！

會話二

A：맛있어요?

ma.si.sso*.yo

好吃嗎？

B：아니요. 맛없어요.

a.ni.yo//ma.do*p.sso*.yo

不，不好吃。

Chapter. 07

外出搭車篇

| 이거 한국어로 어떻게 말해요 |

這句話韓語怎麼說

181

타다
搭乘

例句

우리 지하철을 타지 맙시다.

u.ri/ji.ha.cho*.reul/ta.ji/map.ssi.da

我們不要搭地鐵吧。

유람선을 탈까요?

yu.ram.so*.neul/tal.ga.yo

我們搭遊覽船好嗎？

말을 한 번도 타 본 적이 없다.

ma.reul/han/bo*n.do/ta/bon/jo*.gi/o*p.da

我一次也沒騎過馬。

會話

A：일찍 오셨네요. 뭘 타고 오셨어요?

il.jjik/o.syo*n.ne.yo//mwol/ta.go/o.syo*.sso*.yo

您來得很早呢！您搭什麼車來的？

B：택시 타고 왔어요.

te*k.ssi/ta.go/wa.sso*.yo

我搭計程車來的。

교통카드
交通卡

182

例句

교통카드는 어디서 살 수 있어요?
gyo.tong.ka.deu.neun/o*.di.so*/sal/ssu/i.sso*.yo
哪裡可以買到交通卡？

교통카드를 충전해 주세요.
gyo.tong.ka.deu.reul/chung.jo*n.he*/ju.se.yo
請幫我儲值交通卡。

교통카드로 택시를 탈 수 있어요.
gyo.tong.ka.deu.ro/te*k.ssi.reul/tal/ssu/i.sso*.yo
可以用交通卡搭計程車。

교통카드 충전기가 어디예요?
gyo.tong.ka.deu/chung.jo*n.gi.ga/o*.di.ye.yo
請問交通卡儲值機在哪裡？

나 교통카드를 한 장 잃어버렸어.
na/gyo.tong.ka.deu.reul/han/jang/i.ro*.bo*.ryo*.sso*
我弄丟一張交通卡了。

183

버스
公車

例句

버스를 타고 학교에 가요.

bo*.seu.reul/ta.go/hak.gyo.e/ga.yo

搭公車去上學。

남친이랑 같이 버스를 기다렸다.

nam.chi.ni.rang/ga.chi/bo*.seu.reul/gi.da.ryo*t.da

跟男朋友一起等了公車。

버스에서 내리다.

bo*.seu.e.so*/ne*.ri.da

下公車。

여기는 공항에 가는 버스가 있어요?

yo*.gi.neun/gong.hang.e/ga.neun/bo*.seu.ga/i.sso*.yo

這裡有去機場的公車嗎？

몇 번 버스를 타면 동대문에 갈 수 있어요?

myo*t/bo*n/bo*.seu.reul/ta.myo*n/dong.de*.mu.ne/gal/ssu/i.sso*.yo

搭幾號公車可以到東大門？

지하철
地鐵

184

例句

지하철 노선도 있습니까?
ji.ha.cho*l/no.so*n.do/it.sseum.ni.ga
有地鐵路線圖嗎?

어디에서 갈아타야 합니까?
o*.di.e.so*/ga.ra.ta.ya/ham.ni.ga
我應該在哪裡換車？

남대문 시장에 가려면 몇 번 출구예요?
nam.de*.mun/si.jang.e/ga.ryo*.myo*n/myo*t/bo*n/chul.gu.ye.yo
去南大門市場要從幾號出口出去呢？

몇 호선을 타야 합니까?
myo*t/ho.so*.neul/ta.ya/ham.ni.ga
該搭幾號線呢？

다음 역은 어디인가요?
da.eum/yo*.geun/o*.di.in.ga.yo
下一站是哪裡？

185

기차
火車

例句

기차로 부산에 놀러 가요.
gi.cha.ro/bu.sa.ne/nol.lo*/ga.yo
搭火車去釜山玩。

플랫폼에서 열차를 기다려요.
peul.le*t.po.me.so*/yo*l.cha.reul/gi.da.ryo*.yo
在月台等列車。

기차역에서 백화점까지 가까워요.
gi.cha.yo*.ge.so*/be*.kwa.jo*m.ga.ji/ga.ga.wo.yo
從火車站到百貨公司很近。

매표소 앞에 줄을 서는 사람들이 많다.
me*.pyo.so/a.pe/ju.reul/sso*.neun/sa.ram.deu.ri/man.ta
售票口前排隊的人很多。

티켓 자판기로 기차표를 샀다.
ti.ket/ja.pan.gi.ro/gi.cha.pyo.reul/ssat.da
用自動售票機買了火車票。

택시

計程車

186

例句

택시를 잡고 병원에 갔다.

te*k.ssi.reul/jjap.go/byo*ng.wo.ne/gat.da

攔計程車去醫院了。

여기서 세워 주세요.

yo*.gi.so*/se.wo/ju.se.yo

請在這裡停車。

저 신호등에서 내려 주세요.

jo*/sin.ho.deung.e.so*/ne*.ryo*/ju.se.yo

請讓我在那個紅綠燈下車。

會話

A：어디로 가시겠습니까?

o*.di.ro/ga.si.get.sseum.ni.ga

請問您要去哪裡？

B：김포공항까지 가 주세요.

gim.po.gong.hang.ga.ji/ga/ju.se.yo

請帶我去金浦機場。

187

자동차

汽車

例句

저는 초보운전입니다.

jo*.neun/cho.bo.un.jo*.nim.ni.da

我是開車新手。

차창 좀 올리세요.

cha.chang/jom/ol.li.se.yo

請把車窗關上。

운전할 줄 알아요?

un.jo*n.hal/jjul/a.ra.yo

你會開車嗎？

운전 면허가 있습니까?

un.jo*n/myo*n.ho*.ga/it.sseum.ni.ga

你有駕照嗎？

근처에 주차장이 없는 것 같아요.

geun.cho*.e/ju.cha.jang.i/o*m.neun/go*t/ga.ta.yo

附近好像沒有停車場。

오토바이

摩托車

188

例句

오토바이를 탈 줄 몰라요.

o.to.ba.i.reul/tal/jjul/mol.la.yo

我不會騎機車。

오토바이 값이 비쌉니다.

o.to.ba.i/gap.ssi/bi.ssam.ni.da

機車價格很貴。

대만에는 오토바이 타는 사람이 너무 많다.

de*.ma.ne.neun/o.to.ba.i/ta.neun/sa.ra.mi/no*.mu/man.ta

台灣騎機車的人太多了。

어디서 중고 오토바이를 파나요?

o*.di.so*/jung.go/o.to.ba.i.reul/pa.na.yo

哪裡有賣二手機車？

오토바이 탈 때 안전모 꼭 써야 해요.

o.to.ba.i/tal/de*/an.jo*n.mo/gok/sso*.ya/he*.yo

騎機車時，一定要戴安全帽。

189

자전거

腳踏車

例句

공원에서 자전거를 타요.

gong.wo.ne.so*/ja.jo*n.go*.reul/ta.yo

在公園騎腳踏車。

아빠, 자전거를 사 주세요.

a.ba//ja.jo*n.go*.reul/ssa/ju.se.yo

爸，買腳踏車給我。

나 오늘 자전거를 타다가 넘어졌어요.

na/o.neul/jja.jo*n.go*.reul/ta.da.ga/no*.mo*.jo*.sso*.yo

我今天騎腳踏車跌倒了。

이것은 변속 자전거예요?

i.go*.seun/byo*n.sok/ja.jo*n.go*.ye.yo

這個是變速腳踏車嗎？

나 자전거로 살 빼고 싶다.

na/ja.jo*n.go*.ro/sal/be*.go/sip.da

我想騎腳踏車減肥。

걷기
走路

190

例句

천천히 걸어요.

cho*n.cho*n.hi/go*.ro*.yo

慢慢走。

집에 걸어 갔어요.

ji.be/go*.ro*/ga.sso*.yo

走路回家了。

나 산책하기가 좋아요.

na/san.che*.ka.gi.ga/jo.a.yo

我喜歡散步。

會話

A：거기까지 걸어서 가면 멀어요?

go*.gi.ga.ji/go*.ro*.so*/ga.myo*n/mo*.ro*.yo

走路到那裡很遠嗎？

B：조금 멀어요.

jo.geum/mo*.ro*.yo

有點遠。

191

비행기
飛機

例句

항공 회사에 전화했어요.
hang.gong/hwe.sa.e/jo*n.hwa.he*.sso*.yo
打電話給航空公司了。

탑승 수속은 어디서 해요?
tap.sseung/su.so.geun/o*.di.so*/he*.yo
搭乘手續在哪裡辦？

서울에 가는 왕복 티켓을 예약해 뒀어요.
so*.u.re/ga.neun/wang.bok/ti.ke.seul/ye.ya.ke*/dwo.sso*.yo
去首爾的往返機票訂好了。

비행기 타고 고향에 갑니다.
bi.he*ng.gi/ta.go/go.hyang.e/gam.ni.da
搭飛機回故鄉。

기내에서 잠만 잤어요.
gi.ne*.e.so*/jam.man/ja.sso*.yo
在飛機上都在睡覺。

배
船

例句

어디서 유람선을 탈 수 있습니까?

o*.di.so*/yu.ram.so*.neul/tal/ssu/it.sseum.ni.ga

哪裡可以搭乘遊覽船呢？

뷔페유람선 표를 두 장 주세요.

bwi.pe.yu.ram.so*n/pyo.reul/du/jang/ju.se.yo

請給我兩張自助式餐廳遊覽船票。

會話

A：일반유람선 타고 싶은데 표 한 장에 얼마예요?

il.ba.nyu.ram.so*n/ta.go/si.peun.de/pyo/han/jang.e/o*l.ma.ye.yo

我想搭一般遊覽船，票一張多少錢？

B：만이천원입니다.

ma.ni.cho*.nwo.nim.ni.da

一萬兩千韓幣。

193

방향
方向

例句

병원이 어느 쪽이에요?

byo*ng.wo.ni/o*.neu/jjo.gi.e.yo

醫院在哪一邊？

왼쪽으로 가세요.

wen.jjo.geu.ro/ga.se.yo

請往左轉。

식당의 오른쪽에 꽃집이 있어요.

sik.dang.ui/o.reun.jjo.ge/got.jji.bi/i.sso*.yo

餐館右邊有花店。

옷가게하고 신발가게 사이에 서점이 있어요.

ot.ga.ge.ha.go/sin.bal.ga.ge/sa.i.e/so*.jo*.mi/i.sso*.yo

服飾店和鞋店之間有書局。

서쪽에 큰 별이 있네요.

so*.jjo.ge/keun/byo*.ri/in.ne.yo

西邊有一顆大星星呢！

위치
位置

例句

은행은 지하일층에 있습니다.

eun.he*ng.eun/ji.ha.il.cheung.e/it.sseum.ni.da

銀行在地下一樓。

일기장은 서랍 안에 있어요.

il.gi.jang.eun/so*.rap/a.ne/i.sso*.yo

日記本在抽屜裡。

우체국은 학교 뒤에 있어요.

u.che.gu.geun/hak.gyo/dwi.e/i.sso*.yo

郵局在學校後面。

고양이는 나무 아래에 있습니다.

go.yang.i.neun/na.mu/a.re*.e/it.sseum.ni.da

貓咪在樹下。

선생님은 교실에 계세요.

so*n.se*ng.ni.meun/gyo.si.re/gye.se.yo

老師在教室。

195

길 묻기
問路

例句

실례합니다만, 길 좀 가르쳐 주시겠어요?

sil.lye.ham.ni.da.man//gil/jom/ga.reu.cho*/ju.si.ge.sso*.yo

不好意思，可以為我指路嗎？

지하철 역까지 어떻게 가요?

ji.ha.cho*l/yo*k.ga.ji/o*.do*.ke/ga.yo

請問到地鐵站怎麼去？

경복궁에 어떻게 가는지 아십니까?

gyo*ng.bok.gung.e/o*.do*.ke/ga.neun.ji/a.sim.ni.ga

您知道怎麼去景福宮嗎？

여기는 어디입니까?

yo*.gi.neun/o*.di.im.ni.ga

請問這裡是哪裡？

거기까지 갈려면 시간이 얼마나 걸려요?

go*.gi.ga.ji/gal.lyo*.myo*n/si.ga.ni/o*l.ma.na/go*l.lyo*.yo

去那裡要花多久時間？

길 알려주기

指路

例句

오른쪽으로 가면 롯데백화점입니다.

o.reun.jjo.geu.ro/ga.myo*n/rot.de.be*.kwa.jo*.mim.ni.da

右轉就是樂天百貨公司了。

이 길을 따라서 가면 연세대학교가 보여요.

i/gi.reul/da.ra.so*/ga.myo*n/yo*n.se.de*.hak.gyo.ga/bo.yo*.yo

沿著這條路走，就會看到延世大學。

앞으로 가면 마트가 있습니다.

a.peu.ro/ga.myo*n/ma.teu.ga/it.sseum.ni.da

往前走有超市。

앞의 사거리에서 우회전하면 돼요.

a.pui/sa.go*.ri.e.so*/u.hwe.jo*n.ha.myo*n/dwe*.yo

在前面的十字路口右轉就可以了。

거기까지 걸어가기엔 좀 멀어요.

go*.gi.ga.ji/go*.ro*.ga.gi.en/jom/mo*.ro*.yo

走路到那裡有點遠。

197

교통
交通

例句

복잡한 교통.

bok.jja.pan/gyo.tong

複雜的交通。

교통이 편리합니다.

gyo.tong.i/pyo*l.li.ham.ni.da

交通很便利。

집이 좋지만 교통이 좀 불편해요.

ji.bi/jo.chi.man/gyo.tong.i/jom/bul.pyo*n.he*.yo

家很棒，但是交通有點不便。

교통사고가 났어요.

gyo.tong.sa.go.ga/na.sso*.yo

發生車禍了。

출퇴근 시간에는 대중교통을 이용하세요.

chul.twe.geun/si.ga.ne.neun/de*.jung.gyo.tong.eul/i.yong.ha.se.yo

上下班時間請利用大眾運輸。

Chapter. 08

生活瑣事篇

| 이거 한국어로 어떻게 말해요 |

這句話
韓語怎麼說

198

생일
生日

例句

생일이 언제예요?
se*ng.i.ri/o*n.je.ye.yo
你的生日是什麼時候？

오늘은 우리 엄마 생신이에요.
o.neu.reun/u.ri/o*m.ma/se*ng.si.ni.e.yo
今天是我媽媽的生日。

토산물은 누구에게서 받았어요?
to.san.mu.reun/nu.gu.e.ge.so*/ba.da.sso*.yo
土產是從誰那裡收到的呢？

會話

A：생일 축하해요 . 생일 선물이에요 .
se*ng.il/chu.ka.he*.yo//se*ng.il/so* n.mu.ri.e.yo
生日快樂，這是生日禮物。

B：고마워요 . 열어 봐도 돼요 ?
go.ma.wo.yo//yo*.ro*/bwa.do/dwe*.yo
謝謝，我可以打開看嗎？

헤어스타일

髮型

199

例句

난 파마머리가 좋아요.

nan/pa.ma.mo*.ri.ga/jo.a.yo

我喜歡捲髮。

어제 머리를 염색했어요.

o*.je/mo*.ri.reul/yo*m.se*.ke*.sso*.yo

我昨天染了頭髮。

머리를 짧게 자르고 싶어요.

mo*.ri.reul/jjap.ge/ja.reu.go/si.po*.yo

我想把頭髮剪短。

머리를 길게 기르고 싶다.

mo*.ri.reul/gil.ge/gi.reu.go/sip.da

我想把頭髮留長。

내 앞머리가 너무 이상해요.

ne*/am.mo*.ri.ga/no*.mu/i.sang.he*.yo

我的瀏海很奇怪。

200

교회

教會

例句

저는 교회에 나가지 않습니다 .

jo*.neun/gyo.hwe.e/na.ga.ji/an//sseum.ni.da

我不上教會。

일요일마다 교회에 가요?

i.ryo.il.ma.da/gyo.hwe.e/ga.yo

你每週日都會去教會嗎？

저는 기독교를 믿습니다.

jo*.neun/gi.dok.gyo.reul/mit.sseum.ni.da

我信基督教。

교회에서 많은 친구를 사귀었어요.

gyo.hwe.e.so*/ma.neun/chin.gu.reul/ssa.gwi.o*.sso*.yo

在教會交到了很多朋友。

이번주 일요일에 교회에 못 가요.

i.bo*n.ju/i.ryo.i.re/gyo.hwe.e/mot/ga.yo

這週日不能去教會。

세탁소
洗衣店

201

例句

이 옷 좀 세탁해 주세요.

i/ot/jom/se.ta.ke*/ju.se.yo

請幫我洗這件衣服。

드라이클리닝으로 해 주세요.

deu.ra.i.keul.li.ning.eu.ro/he*/ju.se.yo

請幫我用乾洗。

빨래 비용이 얼마인가요?

bal.le*/bi.yong.i/o*l.ma.in.ga.yo

洗衣服的費用多少錢？

會話

A：언제쯤 찾을 수 있나요?

o*n.je.jjeum/cha.jeul/ssu/in.na.yo

哪時候可以拿衣服？

B：이 코트는 삼일이면 됩니다.

i/ko.teu.neun/sa.mi.ri.myo*n/dwem.ni.da

這件大衣三天後就可以來拿了。

202

화장실
廁所

例句

화장실에 휴지가 없어요.

hwa.jang.si.re/hyu.ji.ga/o*p.sso*.yo

廁所沒有衛生紙。

여기는 남자 화장실이야.

yo*.gi.neun/nam.ja/hwa.jang.si.ri.ya

這裡是男生廁所。

화장실에서 담배를 피우지 마세요.

hwa.jang.si.re.so*/dam.be*.reul/pi.u.ji/ma.se.yo

請不要在廁所抽菸。

會話

A：화장실이 어디에 있어요?

hwa.jang.si.ri/o*.di.e/i.sso*.yo

廁所在哪裡？

B：화장실은 지하 일층에 있어요.

hwa.jang.si.reun/ji.ha/il.cheung.e/i.sso*.yo

廁所在地下一樓。

고장
壞掉

203

例句

컴퓨터가 또 고장났어.

ko*m.pyu.to*.ga/do/go.jang.na.sso*

電腦又壞掉了。

핸드폰 또 고장나면 내가 새로 사 줄게 .

he*n.deu.pon/do/go.jang.na.myo*n//ne*.ga/se*.ro/sa/jul.ge

如果手機再壞掉，我就買新的給你。

제 장비를 수리해 주세요.

je/jang.bi.reul/ssu.ri.he*/ju.se.yo

請幫我修理我的裝備。

會話

A：아빠, 내 손목시계가 고장났어요.

a.ba//ne*/son.mok.ssi.gye.ga/go.jang.na.sso*.yo

爸，我的手錶壞掉了。

B：줘. 고쳐 줄게.

jwo//go.cho*/jul.ge

給我，我幫你修。

204

집
家

例句

나 오늘 집에 안 가요.
na/o.neul/jji.be/an/ga.yo
我今天不回家。

나 지금 사촌 언니의 집에서 살아요.
na/ji.geum/sa.chon/o*n.ni.ui/ji.be.so*/sa.ra.yo
我現在住在堂姊家。

이제 댁에 모셔다 드릴게요.
i.je/de*.ge/mo.syo*.da/deu.ril.ge.yo
現在我送您回家吧。

선생님은 댁에 안 계세요?
so*n.se*ng.ni.meun/de*.ge/an/gye.se.yo
老師不在家嗎？

延伸單字

댁　de*k
家、宅（집的敬語）

물건
物品

205

例句

그 물건이 뭐예요?

geu/mul.go*.ni/mwo.ye.yo

那個東西是什麼？

이건 네 물건이야.

i.go*n/ni/mul.go*.ni.ya

這是你的東西。

이게 참 신기한 물건이네요.

i.ge/cham/sin.gi.han/mul.go*.ni.ne.yo

這真是神奇的物品呢！

내 물건에 손 대지 마.

ne*/mul.go*.ne/son/de*.ji/ma

不要動我的東西。

지진이 나서 물건들이 다 떨어졌어요.

ji.ji.ni/na.so*/mul.go*n.deu.ri/da/do*.ro*.jo*.sso*.yo

因為地震，東西都掉下來了。

206

감기
感冒

例句

나 감기 걸렸나 봐.
na/gam.gi/go*l.lyo*n.na/bwa
我好像感冒了。

감기 조심해요.
gam.gi/jo.sim.he*.yo
小心感冒。

너 감기 걸렸어?
no*/gam.gi/go*l.lyo*.sso*
你感冒了嗎？

감기가 다 나았어요?
gam.gi.ga/da/na.a.sso*.yo
你感冒都痊癒了嗎？

목이 아파 죽겠어.
mo.gi/a.pa/juk.ge.sso*
我喉嚨好痛。

약사기

買藥

例句

열이 있어요. 해열제 주세요.

yo*.ri/i.sso*.yo//he*.yo*l.je/ju.se.yo

我發燒，請給我退燒藥。

이가 아파요. 진통제 주세요.

i.ga/a.pa.yo//jin.tong.je/ju.se.yo

我牙痛，請給我止痛藥。

약을 드시고 푹 쉬세요.

ya.geul/deu.si.go/puk/swi.se.yo

吃了藥之後，好好休息吧。

會話

A：이 약은 어떻게 먹나요?

i/ya.geun/o*.do*.ke/mo*ng.na.yo

這個藥要怎麼吃？

B：식후 30분에 드시면 돼요.

si.ku/sam.sip.bu.ne/deu.si.myo*n/dwe*.yo

飯後三十分鐘服用即可。

208

한턱 내기
請吃飯

例句

밥 사 주세요.

bap/sa/ju.se.yo

請我吃飯。

내가 맛있는 거 사 줄게요.

ne*.ga/ma.sin.neun/go*/sa/jul.ge.yo

我請你吃好吃的。

오늘은 내가 쏜다!

o.neu.reun/ne*.ga/sson.da

今天我請客！

會話

A：내일이 바로 시험 날이죠. 회이팅 해요.

ne*.i.ri/ba.ro/si.ho*m/na.ri.jyo//hwe.i.ting/he*.yo

明天就要考試了吧？加油！

B：고마워요. 합격하면 한턱 낼게요.

go.ma.wo.yo//hap.gyo*.ka.myo*n/han.to*k/ne*l.ge.yo

謝謝，我合格的話，請你吃飯。

차사기

買車

209

例句

중고 자동차는 어디서 살 수 있어요?

jung.go/ja.dong.cha.neun/o*.di.so*/sal/ssu/i.sso*.yo

哪裡可以買到中古車？

교통사고로 차가 고장났다.

gyo.tong.sa.go.ro/cha.ga/go.jang.nat.da

車禍的關係，車子壞掉了。

새 자동차를 사야 돼요.

se*/ja.dong.cha.reul/ssa.ya/dwe*.yo

應該買新車。

會話

A：네 차는 좀 낡았네. 차 좀 바꾸지.

ne/cha.neun/jom/nal.gan.ne//cha/jom/ba.gu.ji

你的車有點舊耶！換一台車吧。

B：근데 지금 내 차는 아직 멀쩡한데요.

geun.de/ji.geum/ne*/cha.neun/a.jik/mo*l.jjo*ng.han.de.yo

可是我現在的車子還好好的。

210

소포 보내기
寄包裹

例句

우체국을 찾고 있어요.
u.che.gu.geul/chat.go/i.sso*.yo
我在找郵局。

대만으로 소포를 보내 주세요.
de*.ma.neu.ro/so.po.reul/bo.ne*/ju.se.yo
包裹請幫我寄到台灣。

소포는 이미 한국으로 부쳤다.
so.po.neun/i.mi/han.gu.geu.ro/bu.cho*t.da
包裹已經寄到韓國了。

소포 하나를 부치려고요.
so.po/ha.na.reul/bu.chi.ryo*.go.yo
我想寄一個包裹。

이 소포가 누구한테서 왔어요?
i/so.po.ga/nu.gu.han.te.so*/wa.sso*.yo
這個包裹是誰寄來的？

거주
居住地

會話一

A：어디서 살아요?

o*.di.so*/sa.ra.yo

你住哪？

B：타이페이에서 살아요.

ta.i.pe.i.e.so*/sa.ra.yo

我住台北。

會話二

A：부모님이 어디에서 사십니까?

bu.mo.ni.mi/o*.di.e.so*/sa.sim.ni.ga

父母親住在哪裡？

B：부모님이 경기도에서 사십니다.

bu.mo.ni.mi/gyo*ng.gi.do.e.so*/sa.sim.ni.da

父母親住在京畿道。

延伸單字

집 주소　jip/ju.so

家裡地址

212

도움

幫忙

例句

형, 이거 좀 도와 줘요.

hyo*ng//i.go*/jom/do.wa/jwo.yo

哥，幫幫我這個吧。

저녁 좀 사 주세요.

jo*.nyo*k/jom/sa/ju.se.yo

請幫我買晚餐。

제가 도움이 될 수 있다면 알려 주세요.

je.ga/do.u.mi/dwel/su/it.da.myo*n/al.lyo*/ju.se.yo

如果我可以幫上忙，請告訴我。

저를 좀 도와 주시겠습니까?

jo*.reul/jjom/do.wa/ju.si.get.sseum.ni.ga

你可以幫幫我嗎？

그 일을 좀 알아봐 주시겠어요?

geu/i.reul/jjom/a.ra.bwa/ju.si.ge.sso*.yo

那件事可以幫我打聽看看嗎？

물건 빌리기
借物品

例句

펜 좀 빌려 줄 수 있으세요?
pen/jom/bil.lyo*/jul/su/i.sseu.se.yo
您可以借我一下筆嗎？

혹시 휴지 있으세요? 한 장만 써도 될까요?
hok.ssi/hyu.ji/i.sseu.se.yo//han/jang.man/sso*.do/dwel.ga.yo
請問你有衛生紙嗎？我可以用一張嗎？

나 이거 빌려도 돼요?
na/i.go*/bil.lyo*.do/dwe*.yo
我可以借這個嗎？

잠깐 이것 좀 빌려 갈게요.
jam.gan/i.go*t/jom/bil.lyo*/gal.ge.yo
這個借我一下喔。

책 빌려 가면 안 돼요?
che*k/bil.lyo*/ga.myo*n/an/dwe*.yo
書我可以借走嗎？

214

문 열기
開門

例句

문 좀 열어 주시겠어요?

mun/jom/yo*.ro*/ju.si.ge.sso*.yo

可以幫我開門嗎？

문 좀 닫아 주세요.

mun/jom/da.da/ju.se.yo

請幫我關門。

바람이 강해요. 창문 좀 닫으세요.

ba.ra.mi/gang.he*.yo//chang.mun/jom/da.deu.se.yo

風很強，請你關窗戶。

會話

A：문이 고장났어요. 열 수가 없어요.

mu.ni/go.jang.na.sso*.yo//yo*l/su.ga/o*p.sso*.yo

門壞掉了。沒辦法開。

B：담장 고치는 사람을 부르세요.

dam.jang/go.chi.neun/sa.ra.meul/bu.reu.se.yo

請你馬上叫修理的人過來。

청소하기
打掃

215

例句

방이 더러워서 청소해야겠다.
bang.i/do*.ro*.wo.so*/cho*ng.so.he*.ya.get.da
房間很髒，要來打掃了。

여기를 깨끗하게 청소하세요.
yo*.gi.reul/ge*.geu.ta.ge/cho*ng.so.ha.se.yo
請把這裡打掃乾淨。

쓰레기는 휴지통에 버려요.
sseu.re.gi.neun/hyu.ji.tong.e/bo*.ryo*.yo
垃圾丟在垃圾桶。

會話

A：어제 집에서 뭐 했어요?
o*.je/ji.be.so*/mwo/he*.sso*.yo
你昨天在家做什麼？
B：어제 집에서 청소 했어요.
o*.je/ji.be.so*/cho*ng.so/he*.sso*.yo
我昨天在家裡打掃。

216

설거지 하기
洗碗

例句

설거지하는 거 정말 싫어요.
so*l.go*.ji.ha.neun/go*/jo*ng.mal/ssi.ro*.yo
我真的很討厭洗碗。

주방세제 다 떨어졌네.
ju.bang.se.je/da/do*.ro*.jo*n.ne
洗碗精都用完了耶！

싱크대가 막혔어요.
sing.keu.de*.ga/ma.kyo*.sso*.yo
洗碗槽堵塞住了。

會話

A：설거지는 누가 해?
so*l.go*.ji.neun/nu.ga/he*
誰洗碗？

B：설거지는 내가 할게.
so*l.go*.ji.neun/ne*.ga/hal.ge
我來洗碗。

컴퓨터 하기

217

用電腦

例句

컴퓨터 하면서 얘기해요.

ko*m.pyu.to*/ha.myo*n.so*/ye*.gi.he*.yo

一邊用電腦一邊聊天。

인터넷으로 쇼핑해 본 적 있어요.

in.to*.ne.seu.ro/syo.ping.he*/bon/jo*k/i.sso*.yo

我有上網購物過。

형이 인터넷 게임을 하고 있어요.

hyo*ng.i/in.to*.net/ge.i.meul/ha.go/i.sso*.yo

哥哥在玩網路遊戲。

會話

A：평일 밤에 보통 집에서 뭐해요?

pyo*ng.il/ba.me/bo.tong/ji.be.so*/mwo.he*.yo

你平日晚上通常都在家做什麼？

B：인터넷을 하거나 요리를 해요.

in.to*.ne.seul/ha.go*.na/yo.ri.reul/he*.yo

上網或做菜。

218

목욕하기
泡澡

例句

샤워기에서 물이 잘 안 나와요.

sya.wo.gi.e.so*/mu.ri/jal/an/na.wa.yo

淋浴器的水出不來。

몸이 더러워서 씻어야 겠어요.

mo.mi/do*.ro*.wo.so*/ssi.so*.ya/ge.sso*.yo

身體很髒，該來洗澡了。

더운 물로 목욕해요.

do*.un/mul.lo/mo.gyo.ke*.yo

用熱水泡澡。

會話

A：언니, 같이 목욕하자.

o*n.ni//ga.chi/mo.gyo.ka.ja

姊姊，我們一起泡澡吧。

B：욕실에 욕조가 없잖아.

yok.ssi.re/yok.jjo.ga/o*p.jja.na

浴室沒有浴缸不是？

잠
睡覺

會話一

A：방에서 무엇을 합니까?

bang.e.so*/mu.o*.seul/ham.ni.ga

你在房間做什麼？

B：방에서 잠을 잡니다.

bang.e.so*/ja.meul/jjam.ni.da

我在房間睡覺。

會話二

A：몇 시에 잡니까?

myo*t/si.e/jam.ni.ga

你幾點就寢？

B：밤 열두 시에 잡니다.

bam/yo*l.du/si.e/jam.ni.da

我晚上十二點就寢。

延伸單字

침대　chim.de*

床、床鋪

220

일어나기
起床

例句

일어나자.
i.ro*.na.ja
我們起床吧。

어서 일어나요.
o*.so*/i.ro*.na.yo
快起床。

빨리 일어나요.
bal.li/i.ro*.na.yo
快起床。

얼른 일어나세요.
o*l.leun/i.ro*.na.se.yo
請快點起床。

오늘 아침 일곱 시에 일어났어요.
o.neul/a.chim/il.gop/si.e/i.ro*.na.sso*.yo
今天早上七點起床。

세수하기
洗臉

221

例句

세수하기 전에 먼저 이를 닦아요.
se.su.ha.gi/jo*.ne/mo*n.jo*/i.reul/da.ga.yo
洗臉之前先刷牙。

늦게 일어나서 세수는 못 했다.
neut.ge/i.ro*.na.so*/se.su.neun/mot/he*t.da
因為很晚起床，沒有洗臉。

난 아침에 일어나면 세수해요.
nan/a.chi.me/i.ro*.na.myo*n/se.su.he*.yo
我早上起床會洗臉。

빨리 집에 가서 세수하고 머리 감아요.
bal.li/ji.be/ga.so*/se.su.ha.go/mo*.ri/ga.ma.yo
快點回家洗臉洗頭吧。

비누는 어디 갔지?
bi.nu.neun/o*.di/gat.jji
肥皂跑去哪裡了？

222

옷 입기
穿衣服

例句

오늘은 무슨 옷을 입을까?
o.neu.reun/mu.seun/o.seul/i.beul.ga
今天要穿什麼衣服？

누나가 원피스를 입고 나갔어요.
nu.na.ga/won.pi.seu.reul/ip.go/na.ga.sso*.yo
姊姊穿洋裝出門了。

얼른 옷 갈아입으세요.
o*l.leun/ot/ga.ra.i.beu.se.yo
請您趕快換衣服。

會話

A：내일 무슨 옷을 입어야 해요?
ne*.il/mu.seun/o.seul/i.bo*.ya/he*.yo
明天應該穿什麼衣服呢？

B：티셔츠하고 반바지를 입으면 돼요.
ti.syo*.cheu.ha.go/ban.ba.ji.reul/i.beu.myo*n/dwe*.yo
穿Ｔ恤和短褲就可以了。

Chapter. 09

休閒運動篇

| 이거 한국어로 어떻게 말해요 |

223

텔레비전 보기

看電視

例句

오늘 밤 TV프로는 뭐지?

o.neul/bam/tv.peu.ro.neun/mwo.ji

今天晚上的電視節目是什麼？

난 한국 드라마를 즐겨 봐요.

nan/han.guk/deu.ra.ma.reul/jjeul.gyo*/bwa.yo

我喜歡看韓劇。

리모콘 좀 줘 봐.

ri.mo.kon/jom/jwo/bwa

拿遙控器給我。

할머니가 소파에 앉아서 TV를 보십니다.

hal.mo*.ni.ga/so.pa.e/an.ja.so*/tv.reul/bo.sim.ni.da

奶奶坐在沙發上看電視。

延伸單字

TV를 보다　tv.reul/bo.da

看電視

책 보기

224

看書

例句

의자에 앉아서 책을 봐요.

ui.ja.e/an.ja.so*/che*.geul/bwa.yo

坐在椅子上看書。

소설책을 봤어요.

so.so*l.che*.geul/bwa.sso*.yo

看了小說。

이런 책을 보지 마요.

i.ro*n/che*.geul/bo.ji/ma.yo

不要看這種書。

會話

A：무슨 책을 보세요?

mu.seun/che*.geul/bo.se.yo

您在看什麼書？

B：여행책을 봐요.

yo*.he*ng.che*.geul/bwa.yo

我在看旅遊書。

225

만화책 보기
看漫畫

例句

나 핸드폰으로 만화책을 봐요.

na/he*n.deu.po.neu.ro/man.hwa.che*.geul/bwa.yo

我用手機看漫畫。

會話一

A：주말에 보통 뭐해요?

ju.ma.re/bo.tong/mwo.he*.yo

你周末一般會做什麼？

B：방에서 만화책을 봐요.

bang.e.so*/man.hwa.che*.geul/bwa.yo

會在房間看漫畫。

會話二

A：이 만화책이 재미있어요?

i/man.hwa.che*.gi/je*.mi.i.sso*.yo

這本漫畫好看嗎？

B：재미있어. 한 번 봐 봐.

je*.mi.i.sso*//han/bo*n/bwa/bwa

好看，你看看啊。

그림 그리기
畫畫

例句

연필로 그림을 그려요.

yo*n.pil.lo/geu.ri.meul/geu.ryo*.yo

用鉛筆畫圖。

이 그림은 누가 그렸어요?

i/geu.ri.meun/nu.ga/geu.ryo*.sso*.yo

這幅圖畫是誰畫的？

전시회에서 그림 하나 샀다.

jo*n.si.hwe.e.so*/geu.rim/ha.na/sat.da

在展示會買了一幅圖畫。

우리 딸이 그림을 잘 그려요.

u.ri/da.ri/geu.ri.meul/jjal/geu.ryo*.yo

我女兒很會畫畫。

그림을 그릴 줄 몰라요.

geu.ri.meul/geu.ril/jul/mol.la.yo

我不會畫圖。

227

영화 보기
看電影

例句

내 취미는 영화감상입니다.

ne*/chwi.mi.neun/yo*ng.hwa.gam.sang.im.ni.da

我的興趣是看電影。

會話

A：같이 영화 보러 갈래요? 언제 시간 있어요?

ga.chi/yo*ng.hwa/bo.ro*/gal.le*.yo//o*n.je/si.gan/i.sso*.yo

要不要一起去看電影？什麼時候有時間呢？

B：휴일이면 좋아요.

hyu.i.ri.myo*n/jo.a.yo

假日的話就可以。

A：무슨 영화 볼까요?

mu.seun/yo*ng.hwa/bol.ga.yo

我們要看什麼電影？

B：코미디 영화를 봅시다.

ko.mi.di/yo*ng.hwa.reul/bop.ssi.da

我們看喜劇片吧。

노래 듣기

228

聽歌

例句

걸으면서 음악을 들어요.

go*.reu.myo*n.so*/eu.ma.geul/deu.ro*.yo

邊走邊聽音樂。

이것들은 내가 자주 듣는 노래들이야.

i.go*t.deu.reun/ne*.ga/ja.ju/deun.neun/no.re*.deu.ri.ya

這些是我常聽的歌曲。

會話

A：좋아하는 가수 있어요?

jo.a.ha.neun/ga.su/i.sso*.yo

你有喜歡的歌手嗎？

B：나는 가수 백지영 좋아해요.

na.neun/ga.su/be*k.jji.yo*ng/jo.a.he*.yo

我喜歡歌手白智英。

A：나도 백지영 노래를 자주 들어요.

na.do/be*k.jji.yo*ng/no.re*.reul/jja.ju/deu.ro*.yo

我也很常聽白智英的歌曲。

229

노래 하기
唱歌

例句

노래를 불러 봐요.

no.re*.reul/bul.lo*/bwa.yo

你唱唱歌吧。

그녀는 노래 잘 해요.

geu.nyo*.neun/no.re*/jal/he*.yo

她很會唱歌。

마이크 소리가 너무 작아요.

ma.i.keu/so.ri.ga/no*.mu/ja.ga.yo

麥克風聲音太小聲了。

會話

A：저녁에 뭐 해요?

jo*.nyo*.ge/mwo/he*.yo

晚上你要做什麼？

B：친구들이랑 노래방에 가요.

chin.gu.deu.ri.rang/no.re*.bang.e/ga.yo

我要跟朋友們一起去KTV。

춤추기

跳舞

230

例句

같이 춤을 춥시다.

ga.chi/chu.meul/chup.ssi.da

一起跳舞吧。

이게 무슨 춤이에요?

i.ge/mu.seun/chu.mi.e.yo

這是什麼舞蹈？

춤을 추면서 노래를 불러요.

chu.meul/chu.myo*n.so*/no.re*.reul/bul.lo*.yo

一邊跳舞一邊唱歌。

사교댄스를 배우고 싶습니다.

sa.gyo.de*n.seu.reul/be*.u.go/sip.sseum.ni.da

我想學社交舞。

춤을 너무 잘 춰요.

chu.meul/no*.mu/jal/chwo.yo

舞跳得太好了。

231

사진 찍기

拍照

例句

함께 사진을 찍어도 될까요 ?

ham.ge/sa.ji.neul/jji.go*.do/dwel.ga.yo

可以一起拍照嗎？

사진 좀 찍어 주시겠어요?

sa.jin/jom/jji.go*/ju.si.ge.sso*.yo

可以幫我拍照嗎？

어제 사진관에서 가족 사진을 한 장 찍었어요.

o*.je/sa.jin.gwa.ne.so*/ga.jok/sa.ji.neul/han/jang/jji.go*.sso*.yo

昨天在照相館拍了一張全家福。

會話

A：여기서 사진 좀 찍어 주세요.

yo*.gi.so*/sa.jin/jom/jji.go*/ju.se.yo

請在這裡幫我拍照。

B：네, 찍습니다. 하나, 둘, 셋!

ne//jjik.sseum.ni.da//ha.na//dul//set

好，要拍了。一、二、三！

게임 하기

232

玩遊戲

例句

친구들과 카드 게임을 해요.

chin.gu.deul.gwa/ka.deu/ge.i.meul/he*.yo

跟朋友玩紙牌遊戲。

형이 맨날 방에서 게임만 해요.

hyo*ng.i/me*n.nal/bang.e.so*/ge.im.man/he*.yo

哥哥每天都在房間玩遊戲。

핸드폰으로 게임을 합니다.

he*n.deu.po.neu.ro/ge.i.meul/ham.ni.da

用手機玩遊戲。

난 퍼즐 게임을 좋아해요.

nan/po*.jeul/ge.i.meul/jjo.a.he*.yo

我喜歡玩益智遊戲。

심심하면 같이 컴퓨터 게임 하자.

sim.sim.ha.myo*n/ga.chi/ko*m.pyu.to*/ge.im/ha.ja

無聊的話一起玩電腦遊戲吧。

233

바둑 두기

下圍棋

例句

온라인 바둑게임.

ol.la.in/ba.duk.ge.im

網路圍棋遊戲。

바둑 한 판 두자.

ba.duk/han/pan/du.ja

我們來下一盤圍棋吧。

그분이 바로 바둑 국수세요.

geu.bu.ni/ba.ro/ba.duk/guk.ssu.se.yo

那位正是圍棋國手。

바둑은 잘 못 둬요.

ba.du.geun/jal/mot/dwo.yo

我不太會下圍棋。

延伸單字

장기를 두다　jang.gi.reul/du.da

下象棋

도박

賭博

234

例句

이 호텔 안에 카지노가 있어요.
i/ho.tel/a.ne/ka.ji.no.ga/i.sso*.yo
這間飯店裡有賭場。

도박 하지 마.
do.bak/ha.ji/ma
不要賭博。

우리는 카지노에서 밤샜다.
u.ri.neun/ka.ji.no.e.so*/bam.se*t.da
我們在賭場熬夜了。

우리 남편이 도박에 빠졌어요.
u.ri/nam.pyo*.ni/do.ba.ge/ba.jo*.sso*.yo
我老公沉溺在賭博。

친구가 카지노에서 돈을 많이 이겼다.
chin.gu.ga/ka.ji.no.e.so*/do.neul/ma.ni/i.gyo*t.da
朋友在賭場贏了很多錢。

235

수영 하기

游泳

例句

집 근처에 큰 수영장이 있습니다.

jip/geun.cho*.e/keun/su.yo*ng.jang.i/it.sseum.ni.da

家裡附近有一個大游泳池。

여기서 수영하지 마세요.

yo*.gi.so*/su.yo*ng.ha.ji/ma.se.yo

請不要在這裡游泳。

수영복 한 벌 샀어요.

su.yo*ng.bok/han/bo*l/sa.sso*.yo

買了一套泳衣。

우리 비키니를 입고 바다에 가자.

u.ri/bi.ki.ni.reul/ip.go/ba.da.e/ga.ja

我們穿上比基尼去海邊吧。

延伸單字

개구리헤엄　ge*.gu.ri.he.o*m

蛙式游泳

등산 가기

236

爬山

例句

저도 자주 등산을 갑니다 .

jo*.do/ja.ju/deung.sa.neul/gam.ni.da

我也很常去爬山。

내일 등산 가기로 했어요.

ne*.il/deung.san/ga.gi.ro/he*.sso*.yo

決定明天去爬山。

등산을 가면 단풍도 구경을 할 수 있어요.

deung.sa.neul/ga.myo*n/dan.pung.do/gu.gyo*ng.eul/hal/ssu/i.sso*.yo

去爬山可以欣賞得到楓葉。

會話

A：날씨가 좋으니까 등산이나 갈까요?

nal.ssi.ga/jo.eu.ni.ga/deung.sa.ni.na/gal.ga.yo

天氣很好，我們去爬山好嗎？

B：좋은 생각이네요.

jo.eun/se*ng.ga.gi.ne.yo

不錯的想法呢！

237

농구 하기
打籃球

例句

저는 농구 잘 못해요.

jo*.neun/nong.gu/jal/mo.te*.yo

我不太會打籃球。

수업 후에 같이 농구 할까요?

su.o*p/hu.e/ga.chi/nong.gu/hal.ga.yo

下課後要不要一起打籃球？

會話

A：주말에 뭐 할 거예요?

ju.ma.re/mwo/hal/go*.ye.yo

你週末要做什麼？

B：농구를 할 거예요.

nong.gu.reul/hal/go*.ye.yo

要打籃球。

延伸單字

야구를 하다　ya.gu.reul/ha.da

打棒球

조깅 하기
慢跑

238

例句

공원에서 조깅을 해요.

gong.wo.ne.so*/jo.ging.eul/he*.yo

在公園慢跑。

조깅하기 전에 스트레칭을 해요.

jo.ging.ha.gi/jo*.ne/seu.teu.re.ching.eul/he*.yo

慢跑前做伸展運動。

별일 없으면 조깅하러 갈래요?

byo*.ril/o*p.sseu.myo*n/jo.ging.ha.ro*/gal.le*.yo

你沒什麼事的話，要不要去慢跑。

會話

A：평소에 무슨 운동을 해요?

pyo*ng.so.e/mu.seun/un.dong.eul/he*.yo

你平時會做什麼運動呢？

B：주로 수영이나 조깅을 해요.

ju.ro/su.yo*ng.i.na/jo.ging.eul/he*.yo

主要是游泳或慢跑。

239

소풍 가기
郊遊

例句

오늘은 참 소풍가기 좋은 날이네요.

o.neu.reun/cham/so.pung.ga.gi/jo.eun/na.ri.ne.yo

今天真是郊遊的好日子。

감기에 걸려서 소풍 못 가게 되었어요.

gam.gi.e/go*l.lyo*.so*/so.pung/mot/ga.ge/dwe.o*.sso*.yo

因為感冒，不能去郊遊了。

비가 와서 소풍 안 가요.

bi.ga/wa.so*/so.pung/an/ga.yo

因為下雨，所以不去郊遊。

會話

A：우리 어디로 소풍 갈까요?

u.ri/o*.di.ro/so.pung/gal.ga.yo

我們要去哪裡郊遊啊？

B：서울에 있는 대공원으로 갑시다.

so*.u.re/in.neun/de*.gong.wo.neu.ro/gap.ssi.da

我們去位於首爾的大公園吧。

공연
表演

例句

난타 공연이 정말 재미있었어요.
nan.ta/gong.yo*.ni/jo*ng.mal/jje*.mi.i.sso*.sso*.yo
亂打表演真的很好看。

이게 무슨 공연이에요?
i.ge/mu.seun/gong.yo*.ni.e.yo
這是什麼表演？

會話

A：다음 공연은 언제예요？
da.eum/gong.yo*.neun/o*n.je.ye.yo
下一場表演是什麼時候？
B：다음 공연은 오후 세 시에 시작합니다.
da.eum/gong.yo*.neun/o.hu/se/si.e/si.ja.kam.ni.da
下一場表演下午三點開始。

延伸單字

극장　geuk.jjang
劇院、劇場

241

여행
旅行

例句

제주도 관광지 추천해 주세요 .

je.ju.do/gwan.gwang.ji/chu.cho*n//he*/ju.se.yo

請推薦給我濟州島的觀光景點。

여권을 만드세요.

yo*.gwo.neul/man.deu.se.yo

請辦護照。

제 취미는 여행입니다.

je/chwi.mi.neun/yo*.he*ng.im.ni.da

我的興趣是旅行。

會話

A：어디로 가려고요 ?

o*.di.ro/ga.ryo*.go.yo

你想去哪裡？

B：대만으로 여행 가려고요 .

de*.ma.neu.ro/yo*.he*ng/ga.ryo*.go.yo

我想去台灣旅行。

호텔
飯店

例句

방을 예약하고 싶습니다.

bang.eul/ye.ya.ka.go/sip.sseum.ni.da

我想訂房。

모두 두 명입니다. 더블룸으로 주세요.

mo.du/du/myo*ng.im.ni.da//do*.beul.lu.meu.ro/ju.se.yo

我們有兩個人，請給我雙人房。

아직 빈 방이 있습니까?

a.jik/bin/bang.i/it.sseum.ni.ga

還有空房間嗎？

더블룸은 하루 얼마예요?

do*.beul.lu.meun/ha.ru/o*l.ma.ye.yo

雙人房一天多少錢？

아침 식사는 포함됩니까?

a.chim/sik.ssa.neun/po.ham.dwem.ni.ga

有包含早餐嗎？

243

온천

溫泉

例句

여기는 노천온천입니다.

yo*.gi.neun/no.cho*.non.cho*.nim.ni.da

這裡是露天溫泉。

부모님과 온천 여행을 하고 싶습니다.

bu.mo.nim.gwa/on.cho*n/yo*.he*ng.eul/ha.go/sip.sseum.ni.da

我想跟爸媽去一趟溫泉之旅。

온천수의 효능이 뭐예요?

on.cho*n.su.ui/hyo.neung.i/mwo.ye.yo

溫泉水的效能是什麼？

일본에 가면 당연히 온천을 즐겨야해요.

il.bo.ne/ga.myo*n/dang.yo*n.hi/on.cho*.neul/jjeul.gyo*.ya.he*.yo

去日本當然要泡溫泉。

나이트 클럽

夜店

244

例句

저 여자도 섹시하네.

jo*/yo*.ja.do/sek.ssi.ha.ne

那個女生也很性感呢！

예쁜 여자랑 춤 추고 싶어.

ye.beun/yo*.ja.rang/chum/chu.go/si.po*

我想跟漂亮的女生跳舞。

어제 나이트에서 여자를 꼬셨어요.

o*.je/na.i.teu.e.so*/yo*.ja.reul/go.syo*.sso*.yo

我昨天在夜店釣到女生了。

나이트에서 만난 여자 절대 사귀지 마.

na.i.teu.e.so*/man.nan/yo*.ja/jo*l.de*/sa.gwi.ji/ma

千萬別跟在夜店認識的女生交往。

도수 높은 칵테일로 주세요.

do.su/no.peun/kak.te.il.lo/ju.se.yo

請給我高度數的雞尾酒。

245

놀이공원
遊樂園

例句

자유 입장권은 얼마입니까?

ja.yu/ip.jjang.gwo.neun/o*l.ma.im.ni.ga

自由入場卷要多少錢？

회전목마를 타고 싶어요.

hwe.jo*n.mong.ma.reul/ta.go/si.po*.yo

我想玩旋轉木馬。

관람차를 타자. 어때?

gwal.lam.cha.reul/ta.ja//o*.de*

我們去坐摩天輪吧！如何？

會話

A：어느 것부터 탈까요?

o*.neu/go*t.bu.to*/tal.ga.yo

從哪一個開始玩呢？

B：롤러 코스터부터 탑시다.

rol.lo*/ko.seu.to*.bu.to*/tap.ssi.da

我們先從雲霄飛車開始玩吧。

박물관
博物館

246

例句

수요일에 친구랑 박물관에 갈 거예요 .

su.yo.i.re/chin.gu.rang/bang.mul.gwa.ne/gal/go*.ye.yo

星期三要跟朋友一起去博物館。

아무것도 손대지 마세요.

a.mu.go*t.do/son.de*.ji/ma.se.yo

請勿觸摸任何東西。

박물관 휴관일은 매달 첫째 월요일입니다.

bang.mul.gwan/hyu.gwa.ni.reun/me*.dal/cho*t.jje*/wo.ryo.i.rim.ni.da

博物館休館日是每月第一個星期一。

會話

A：기념품도 사고 싶어요.

gi.nyo*m.pum.do/sa.go/si.po*.yo

我也想買紀念品。

B：박물관 안에 기념품점이 있어요.

bang.mul.gwan/a.ne/gi.nyo*m.pum.jo*.mi/i.sso*.yo

博物館內有紀念品店。

247

동물원

動物園

例句

코끼리를 보고 싶다.

ko.gi.ri.reul/bo.go/sip.da

我想看大象。

동물원에 같이 갈까요?

dong.mu.rwo.ne/ga.chi/gal.ga.yo

要一起去動物園嗎？

참 귀여운 동물이네.

cham/gwi.yo*.un/dong.mu.ri.ne

真是可愛的動物呢！

會話

A：펭귄은 조류인가요? 포유류인가요?

peng.gwi.neun/jo.ryu.in.ga.yo//po.yu.ryu.in.ga.yo

企鵝是鳥類還是哺乳類？

B：펭귄은 조류입니다.

peng.gwi.neun/jo.ryu.im.ni.da

企鵝是鳥類。

식물원

植物園

248

例句

꽃이 크고 예뻐요.

go.chi/keu.go/ye.bo*.yo

花又大又漂亮。

여기 다 아열대 식물이네요.

yo*.gi/da/a.yo*l.de*/sing.mu.ri.ne.yo

這裡都是亞熱帶植物。

자연은 참으로 신기하다.

ja.yo*.neun/cha.meu.ro/sin.gi.ha.da

自然真是神奇。

會話

A：이거 무슨 식물이에요?

i.go*/mu.seun/sing.mu.ri.e.yo

這個什麼植物？

B：선인장이에요.

so*.nin.jang.i.e.yo

是仙人掌。

249

스키장
滑雪場

例句

스키를 타 본 적이 없어요.

seu.ki.reul/ta/bon/jo*.gi/o*p.sso*.yo

我沒有滑過雪。

스키 장비는 어디서 빌려요?

seu.ki/jang.bi.neun/o*.di.so*/bil.lyo*.yo

滑雪裝備在哪裡借？

스키를 타다가 머리를 다쳤다.

seu.ki.reul/ta.da.ga/mo*.ri.reul/da.cho*t.da

滑雪時傷到頭部了。

會話

A：스키를 탈 줄 알아요?

seu.ki.reul/tal/jjul/a.ra.yo

你會滑雪嗎？

B：조금 알아요.

jo.geum/a.ra.yo

會一點點。

불꽃놀이
賞煙火

例句

화려한 불꽃놀이.
hwa.ryo*.han/bul.gon.no.ri
華麗的煙火。

저기 불꽃놀이 정말 끝내 주네요.
jo*.gi/bul.gon.no.ri/jo*ng.mal/geun.ne*/ju.ne.yo
那裡的煙火真的很棒！

남친이랑 불꽃놀이를 구경하고 있어요.
nam.chi.ni.rang/bul.gon.no.ri.reul/gu.gyo*ng.ha.go/i.sso*.yo
我跟男朋友在看煙火。

會話

A：내일 어디에 가요?
ne*.il/o*.di.e/ga.yo
你明天要去哪？

B：한강에 가요. 거기서 불꽃놀이를 해요.
han.gang.e/ga.yo//go*.gi.so*/bul.gon.no.ri.reul/he*.yo
去漢江，那裡會放煙火。

251

단풍놀이

賞楓葉

例句

여기도 단풍이 들었네요.

yo*.gi.do/dan.pung.i/deu.ro*n.ne.yo

這裡的楓葉也紅了呢！

우리 단풍잎을 줍고 있어요.

u.ri/dan.pung.i.peul/jjup.go/i.sso*.yo

我們在撿楓葉。

단풍 구경하기 좋은 곳이 어디예요?

dan.pung/gu.gyo*ng.ha.gi/jo.eun/go.si/o*.di.ye.yo

賞楓的好地方在哪裡？

會話

A：이거 어디서 찍은 사진이에요?

i.go*/o*.di.so*/jji.geun/sa.ji.ni.e.yo

這個是在哪裡拍的照片？

B：설악산에서 찍은 단풍 사진이야.

so*.rak.ssa.ne.so*/jji.geun/dan.pung/sa.ji.ni.ya

在雪嶽山拍的楓葉照片。

벚꽃놀이

賞櫻花

252

例句

벚꽃축제는 언제 시작하나요?

bo*t.got.chuk.jje.neun/o*n.je/si.ja.ka.na.yo

櫻花祭什麼時候開始？

여의도로 벚꽃놀이 가자!

yo*.ui.do.ro/bo*t.gon.no.ri/ga.ja

一起去汝矣島賞櫻吧！

다들 벚꽃 구경하러 오세요.

da.deul/bo*t.got/gu.gyo*ng.ha.ro*/o.se.yo

請大家一起來賞櫻。

會話

A：벚꽃이 너무 예뻐요! 활짝 폈어요.

bo*t.go.chi/no*.mu/ye.bo*.yo//hwal.jjak/pyo*.sso*.yo

櫻花真美，都盛開了。

B：거기 서 봐. 사진 찍어 줄게.

go*.gi/so*/bwa//sa.jin/jji.go*/jul.ge

你站在那裡，我幫你拍照。

這句話
이거 한국어로 어떻게 말해요
韓語怎麼說

Chapter. 10

時間數字篇

| 이거 한국어로 어떻게 말해요 |

這句話
韓語怎麼說

253

아침

早上

例句

좋은 아침입니다.

jo.eun/a.chi.mim.ni.da

早安。

아침에 라면을 먹었다.

a.chi.me/ra.myo*.neul/mo*.go*t.da

早上吃了泡麵。

아침 8시부터 시험을 봅니다.

a.chim/yo*.do*p.ssi.bu.to*/si.ho*.meul/bom.ni.da

早上8點開始考試。

會話

A：아침에 옵니까?

a.chi.me/om.ni.ga

你早上來嗎？

B：아니요. 오후에 옵니다.

a.ni.yo//o.hu.e/om.ni.da

不，我下午來。

오전
上午

254

例句

오전에는 공부하고 오후에는 놀아요.

o.jo*.ne.neun/gong.bu.ha.go/o.hu.e.neun/no.ra.yo

上午念書下午玩。

오전 8시부터 오후 3시까지 일해요.

o.jo*n/yo*.do*p.ssi.bu.to*/o.hu/se.si.ga.ji/il.he*.yo

從早上8點工作到下午3點。

오전 열시반부터 시작합니다.

o.jo*n/yo*l.si.ban.bu.to*/si.ja.kam.ni.da

上午十點半開始。

會話

A：오늘 몇 시에 출근하십니까?

o.neul/myo*t/si.e/chul.geun.ha.sim.ni.ga

今天您幾點上班？

B：오전 10시에 출근합니다.

o.jo*n/yo*l.si.e/chul.geun.ham.ni.da

上午十點上班。

255

점심
中午

例句

점심 때 만납시다.

jo*m.sim/de*/man.nap.ssi.da

我們中午的時候見吧。

점심 시간에 시장에 갔어요.

jo*m.sim/si.ga.ne/si.jang.e/ga.sso*.yo

中午時間去了市場。

점심에 뭐 먹지?

jo*m.si.me/mwo/mo*k.jji

中午吃什麼呢？

會話

A：내일 점심 시간 괜찮아요?

ne*.il/jo*m.sim/si.gan/gwe*n.cha.na.yo

明天中午時間有空嗎？

B：네, 시간 있어요.

ne//si.gan/i.sso*.yo

有空。

오후
下午

256

例句

수업이 오후 세 시까지입니다.

su.o*.bi/o.hu/se.si.ga.ji.im.ni.da

上課到下午三點。

지금은 오후 두 시입니다.

ji.geu.meun/o.hu/du.si.im.ni.da

現在是下午2點。

오후 한 시에 오세요.

o.hu/se.si.e/o.se.yo

請你下午一點來。

會話

A：몇 시에 오십니까?

myo*t/si.e/o.sim.ni.ga

您幾點來？

B：오후 세 시에 갑니다.

o.hu/se/si.e/gam.ni.da

下午三點去。

257

저녁

傍晚

例句

저녁 여섯 시에 식당에 갑니다.

jo*.nyo*k/yo*.so*t/si.e/sik.dang.e/gam.ni.da

晚上六點去餐廳。

오늘 저녁 일곱 시에 예약을 부탁합니다.

o.neul/jjo*.nyo*k/il.gop/si.e/ye.ya.geul/bu.ta.kam.ni.da

我要預約今天晚上7點。

저녁 몇 시에 식사해요?

jo*.nyo*k/myo*t/si.e/sik.ssa.he*.yo

你晚上幾點吃飯？

會話

A：오늘 저녁에 무엇을 할 거예요?

o.neul/jjo*.nyo*.ge/mu.o*.seul/hal/go*.ye.yo

今天晚上要做什麼？

B：가족들과 레스토랑에서 식사할 거예요.

ga.jok.deul.gwa/re.seu.to.rang.e.so*/sik.ssa.hal/go*.ye.yo

我要和家人去餐廳吃飯。

밤
晚上

258

例句

밤늦게 전화해서 죄송합니다.

bam.neut.ge/jo*n.hwa.he*.so*/jwe.song.ham.ni.da

抱歉這麼晚打給你。

밤 11시에 영업을 마칩니다.

bam/yo*l.han.si.e/yo*ng.o*.beul/ma.chim.ni.da

晚上十一點打烊。

밤을 새우지 마세요.

ba.meul/sse*.u.ji/ma.se.yo

請不要熬夜。

會話

A：어제 밤에 뭐 했어?

o*.je/ba.me/mwo/he*.sso*

你昨天晚上在做什麼？

B：밤에 영화를 보고 한국요리를 먹었어.

ba.me/yo*ng.hwa.reul/bo.go/han.gu.gyo.ri.reul/mo*.go*.sso*

晚上看了電影，然後吃了韓國料理。

259

새벽

凌晨

例句

새벽에 일어났다.

se*.byo*.ge/i.ro*.nat.da

凌晨起床的。

새벽에 깼어요.

se*.byo*.ge/ge*.sso*.yo

凌晨就醒了。

새벽부터 근무하세요?

se*.byo*k.bu.to*/geun.mu.ha.se.yo

您從凌晨開始上班嗎？

會話

A：새벽부터 어디에 가세요?

se*.byo*k.bu.to*/o*.di.e/ga.se.yo

一大早您要去哪裡？

B：운동하러 공원에 가요.

un.dong.ha.ro*/gong.wo.ne/ga.yo

我要去公園運動。

오늘
今天

260

例句

제가 오늘은 회사에 가지 못해요.
je.ga/o.neu.reun/hwe.sa.e/ga.ji/mo.te*.yo
今天我沒辦法去上班。

오늘부터 여름 방학이죠?
o.neul.bu.to*/yo*.reum/bang.ha.gi.jyo
今天開始就是暑假吧？

오늘 하루는 어땠어요?
o.neul/ha.ru.neun/o*.de*.sso*.yo
你今天一天過得怎麼樣？

會話

A：오늘 왜 안 왔어요?
o.neul/we*/an/wa.sso*.yo
今天為什麼沒來？

B：머리가 아파서 가지 못했어요.
mo*.ri.ga/a.pa.so*/ga.ji/mo.te*.sso*.yo
因為頭痛不能去。

261

내일
明天

例句

내일은 제 생일이에요.

ne*.i.reun/je/se*ng.i.ri.e.yo

明天是我的生日。

내일 봐요.

ne*.il/bwa.yo

明天見。

내일 안 와도 돼요?

ne*.il/an/wa.do/dwe*.yo

我明天可以不來嗎？

會話

A：내일 날씨가 어떻습니까?

ne*.il/nal.ssi.ga/o*.do*.sseum.ni.ga

明天天氣怎麼樣？

B：내일 비가 올 것 같아요.

ne*.il/bi.ga/ol/go*t/ga.ta.yo

明天好像會下雨。

모레

後天

262

例句

모레 만나자.

mo.re/man.na.ja

我們後天見吧。

모레는 수요일입니다.

mo.re.neun/su.yo.i.rim.ni.da

後天是星期三。

내일 모레 병원에 가요.

ne*.il/mo.re/byo*ng.wo.ne/ga.yo

明後天會去醫院。

會話

A：우리 언제 수영 씨를 만나러 갈까요?

u.ri/o*n.je/su.yo*ng/ssi.reul/man.na.ro*/gal.ga.yo

我們什麼時候去見秀英？

B：내일 모레는 어때요?

ne*.il/mo.re.neun/o*.de*.yo

明後天怎麼樣？

263

그저께
前天

例句

그저께 오후 회의에 참석하셨어요?

geu.jo*.ge/o.hu/hwe.ui.e/cham.so*.ka.syo*.sso*.yo

您有參加前天下午的會議嗎？

그저께 밤에 집에 전화했어요.

geu.jo*.ge/ba.me/ji.be/jo*n.hwa.he*.sso*.yo

前天晚上我有打電話回家。

그저께는 엄마 생신이었어요.

geu.jo*.ge.neun/o*m.ma/se*ng.si.ni.o*.sso*.yo

前天是媽媽的生日。

會話

A：그 친구가 언제 왔어?

geu/chin.gu.ga/o*n.je/wa.sso*

那位朋友什麼時候來的？

B：그 친구는 그저께 왔어.

geu/chin.gu.neun/geu.jo*.ge/wa.sso*

那位朋友前天來的。

이번주
這週

264

例句

이번 주 말고 다음 주예요.

i.bo*n/ju/mal.go/da.eum/ju.ye.yo

不是這星期而是下星期。

이번 주 일요일에 시간 있어요?

i.bo*n/ju/i.ryo.i.re/si.gan/i.sso*.yo

這週日你有時間嗎？

이번 주는 정말 바빴어요.

i.bo*n/ju.neun/jo*ng.mal/ba.ba.sso*.yo

這週真的很忙。

會話

A：중간고사는 언제부터예요?

jung.gan.go.sa.neun/o*n.je.bu.to*.ye.yo

期中考從什麼時候開始？

B：이번 주부터예요.

i.bo*n/ju.bu.to*.ye.yo

從這週開始。

265

지난주

上週

例句

지난주에 태풍이 왔었어요.

ji.nan.ju.e/te*.pung.i/wa.sso*.sso*.yo

上星期有颱風。

지난 주 목요일에 부산에 갔다왔어요.

ji.nan/ju/mo.gyo.i.re/bu.sa.ne/gat.da.wa.sso*.yo

我上周四去了趟釜山。

지난 주에 막 이사 왔거든요.

ji.nan/ju.e/mak/i.sa/wat.go*.deu.nyo

我上週才剛搬來這裡。

지난 주 월요일에 출근하기 시작했다.

ji.nan/ju/wo.ryo.i.re/chul.geun.ha.gi/si.ja.ke*t.da

我從上週一開始上班。

延伸單字

지지난주　ji.ji.nan.ju

上上星期

다음주
下週

266

例句

다음 주 일요일이 며칠인가요?
da.eum/ju/i.ryo.i.ri/myo*.chi.rin.ga.yo
下星期日是幾號？

다음 주 수요일은 어때요?
da.eum/ju/su.yo.i.reun/o*.de*.yo
下周三怎麼樣？

다음 주 뉴욕으로 출장 갈 겁니다.
da.eum/ju/nyu.yo.geu.ro/chul.jang/gal/go*m.ni.da
下周我要去紐約出差。

會話

A：다음 주 월요일에 만날까요?
da.eum/ju/wo.ryo.i.re/man.nal.ga.yo
要不要下星期一見面？

B：예, 만납시다.
ye//man.nap.ssi.da
好，見面吧。

267

요일
星期

例句

다음주 화요일과 수요일은 공휴일이다.

da.eum.ju/hwa.yo.il.gwa/su.yo.i.reun/gong.hyu.i.ri.da

下周二和周三是公休日。

어제는 수요일이었어요.

o*.je.neun/su.yo.i.ri.o*.sso*.yo

昨天星期三。

벌써 토요일이네요.

bo*l.sso*/to.yo.i.ri.ne.yo

已經星期六了呢！

會話

A：오늘 무슨 요일이에요?

o.neul/mu.seun/yo.i.ri.e.yo

今天星期幾？

B：오늘은 목요일이에요.

o.neu.reun/mo.gyo.i.ri.e.yo

今天星期四。

년

年

268

例句

이년 후에 다른 회사로 옮길 예정입니다.

i.nyo*n/hu.e/da.reun/hwe.sa.ro/om.gil/ye.jo*ng.im.ni.da

兩年後我打算換工作。

작년 8월말에 왔어요.

jang.nyo*n/pa.rwol.ma.re/wa.sso*.yo

我是去年8月底來的。

사귄지 벌써 3년이 되었습니다.

sa.gwin.ji/bo*l.sso*/sam.nyo*.ni/dwe.o*t.sseum.ni.da

交往已經有三年了。

비자 기간을 반 년정도 연장하고 싶어요.

bi.ja/gi.ga.neul/ban/nyo*n.jo*ng.do/yo*n.jang.ha.go/si.po*.yo

我想將簽證時間延長半年左右。

올해는 2015년입니다.

ol.he*.neun/i.cho*n.si.bo.nyo*.nim.ni.da

今年是2015年。

269

월
月

例句

작년 오월부터 한국어를 공부해 왔어요.

jang.nyo*n/o.wol.bu.to*/han.gu.go*.reul/gong.bu.he*/wa.sso*.yo

我從去年五月就開始學韓國語了。

작년 유월에 대학교를 졸업했어요.

jang.nyo*n/yu.wo.re/de*.hak.gyo.reul/jjo.ro*.pe*.sso*.yo

我去年六月大學畢業了。

꽃이 삼월쯤에 핍니다.

go.chi/sa.mwol.jjeu.me/pim.ni.da

花三月左右開花。

會話

A：언제 결혼하셨어요?

o*n.je/gyo*l.hon.ha.syo*.sso*.yo

您什麼時候結婚的？

B：작년 5월에 결혼했습니다.

jang.nyo*n/o.wo.re/gyo*l.hon.he*t.sseum.ni.da

我去年五月結婚了。

일
日

270

例句

보통 몇 일쯤 걸립니까?

bo.tong/myo*t/il.jjeum/go*l.lim.ni.ga

一般會花幾天時間？

삼월 십팔일이에요.

sa.mwol/sip.pa.ri.ri.e.yo

3月18號。

2월 9일이 무슨 요일입니까?

i.wol/gu.i.ri/mu.seun/yo.i.rim.ni.ga

2月9號是星期幾呢？

會話

A：어제는 몇 월 며칠이었어요?

o*.je.neun/myo*t/wol/myo*.chi.ri.o*.sso*.yo

昨天是幾月幾號？

B：어제는 시월 이십일이었어요.

o*.je.neun/si.wol/i.si.bi.ri.o*.sso*.yo

昨天是十月二十日。

271

숫자 읽기
數字念法

例句

25쪽.（이십오）

i.si.bo.jjok

二十五頁。

3분의 2.（삼분의 이）

sam.bu.ne/i

三分之二。

2층 201호실.（이층 이백일）

i.cheung/i.be*.gil.ho.sil

二樓二零一號房。

88 번 버스.（팔십팔）

pal.ssip.pal.bo*n/bo*.seu

八十八號公車。

5번 창구.（오）

o.bo*n/chang.gu

五號窗口。

전화번호 읽기

272

電話號碼念法

會話一

A：핸드폰 번호 좀 알려 주세요.

he*n.deu.pon/bo*n.ho/jom/al.lyo*/ju.se.yo

請告訴我您的手機號碼。

B：010-103-9427입니다.

gong.il.gong.e/il.gong.sa.me/gu.sa.i.chi.rim.ni.da

（공일공의 일공삼의 구사이칠）

號碼是010-103-9427。

會話二

A：전화번호가 몇 번이에요?

jo*n.hwa.bo*n.ho.ga/myo*t/bo*.ni.e.yo

電話號碼是幾號？

B：1588-1111이에요.

i.ro.pal.pa.re/i.ri.ri.ri.ri.e.yo

（일오팔팔의 일일일일）

號碼是1588-1111。

273

수량 읽기
數量念法

例句

생선 한 마리.

se*ng.so*n/han/ma.ri

魚一隻。

녹차 두 잔.

nok.cha/du/jan

綠茶兩杯。

종이 세 장.

jong.i/se/jang

紙三張。

책 네 권.

che*k/ne/gwon

書四本。

사과 다섯 개.

sa.gwa/da.so*t/ge*

蘋果五顆。

가격 읽기
價格念法

274

例句

팔만칠천육백오십사원이에요.

pal.man.chil.cho*.nyuk.be*.go.sip.ssa.wo.ni.e.yo

八萬七千六百五十四韓圜。

일억원입니다.

i.ro*.gwo.nim.ni.da

一億韓圜。

만삼십원입니다.

man.sam.si.bwo.nim.ni.da

一萬三十韓圜。

會話

A：한 개에 얼마예요?

han/ge*.e/o*l.ma.ye.yo

一個多少錢？

B：천원입니다.

cho*.nwo.nim.ni.da

一千韓圜。

275

온도 읽기
溫度念法

例句

낮 기온 30도입니다. (삼십)

nat/gi.on/sam.sip.do.im.ni.da

白天氣溫三十度。

새벽 기온은 영상 8도예요. (팔)

se*.byo*k/gi.o.neun/yo*ng.sang/pal.do.ye.yo

凌晨氣溫是零上八度。

그건 섭씨 온도예요, 화씨 온도예요?

geu.go*n/so*p.ssi/on.do.ye.yo//hwa.ssi/on.do.ye.yo

那是攝氏的氣溫，還是華氏的氣溫？

會話

A：지금 기온 몇 도예요?

ji.geum/gi.on/myo*t/do.ye.yo

現在氣溫幾度？

B：영하 11도예요. (십일)

yo*ng.ha/si.bil.do.ye.yo

零下十一度。

단위 측량
單位測量

例句

가로는 19.8cm입니다. (십구쩜팔센치)

ga.ro.neun/sip.gu.jjo*m.pal.ssen.chi.im.ni.da

橫是19.8cm。

세로는 16.1cm입니다. (십육쩜일센치)

se.ro.neun/si.byuk.jjo*.mil.sen.chi.im.ni.da

豎是16.1cm。

높이는 6.2cm입니다. (육쩜이센치)

no.pi.neun/yuk.jjo*.mi.sen.chi.im.ni.da

高是6.2cm。

會話

A：저 나무는 높이가 얼마예요?

jo*/na.mu.neun/no.pi.ga/o*l.ma.ye.yo

那棵樹有多高？

B：3.5미터입니다. (삼쩜오)

sam.jjo*.mo.mi.to*.im.ni.da

有3.5公尺。

277

사이즈 크기
尺寸大小

例句

치수 좀 재어 줄 수 있어요?

chi.su/jom/je*.o*/jul/su/i.sso*.yo

可以幫我量尺寸嗎？

미디엄 사이즈로 주세요.

mi.di.o*m/sa.i.jeu.ro/ju.se.yo

請給我中號的尺寸。

발 사이즈는 230밀리미터입니다.（이백삼십）

bal/ssa.i.jeu.neun/i.be*k.ssam.sim.mil.li.mi.to*.im.ni.da

腳的尺寸是230毫米。

옷은 라지 사이즈로 주세요.

o.seun/ra.ji/sa.i.jeu.ro/ju.se.yo

衣服請給我大號的。

허리둘레는 25인치입니다.（이십오）

ho*.ri.dul.le.neun/i.si.bo.in.chi.im.ni.da

腰圍是25英吋。

Chapter. 11

身體器官篇

| 이거 한국어로 어떻게 말해요 |

這句話
韓語怎麼說

278

눈

眼

例句

짙은 눈썹.

ji.teun/nun.sso*p

濃眉毛。

눈 좀 감아요.

nun/jom/ga.ma.yo

把眼睛閉起來。

시력이 나빠요.

si.ryo*.gi/na.ba.yo

視力很差。

콘택트렌즈를 껴요.

kon.te*k.teu.ren.jeu.reul/gyo*.yo

戴隱形眼鏡。

햇빛이 강해서 눈을 뜰 수가 없다.

he*t.bi.chi/gang.he*.so*/nu.neul/deul/ssu.ga/o*p.da

陽光很強，睜不開眼睛。

코
鼻

例句

냄새 좀 맡아보세요.
ne*m.se*/jom/ma.ta.bo.se.yo
請聞聞味道。

콧대가 높아요.
kot.de*.ga/no.pa.yo
鼻梁高。

향기가 좋네요.
hyang.gi.ga/jon.ne.yo
香氣很好呢。

콧물을 흘려요.
kon.mu.reul/heul.lyo*.yo
流鼻水。

요즘 잘 때 코를 골아요.
yo.jeum/jal/de*/ko.reul/go.ra.yo
最近睡覺的時候會打鼾。

280

입
嘴

例句

빨간 입술.

bal.gan/ip.ssul

紅唇。

입을 벌려 봐요.

i.beul/bo*l.lyo*/bwa.yo

把嘴巴張開。

입 다물어요!

ip/da.mu.ro*.yo

把嘴巴閉上。

이가 아파서 치과에 가요.

i.ga/a.pa.so*/chi.gwa.e/ga.yo

牙痛去看牙科。

침 뱉지 마.

chim/be*t.jji/ma

不要吐口水。

귀
耳朵

281

例句

자세히 들어 봐요.

ja.se.hi/deu.ro*/bwa.yo

你仔細聽。

야, 귀 먹었어?

ya//gwi/mo*.go*.sso*

喂，你耳聾啊？

잘 안 들려요.

jal/an/deul.lyo*.yo

聽不太清楚。

이어폰을 껴요.

i.o*.po.neul/gyo*.yo

戴耳機。

귀걸이가 예쁘네요.

gwi.go*.ri.ga/ye.beu.ne.yo

耳環很美呢！

282

얼굴
臉

例句

얼굴이 고와요.

o*l.gu.ri/go.wa:yo

臉好看。

뺨을 때려요.

bya.meul/de*.ryo*.yo

打耳光。

여드름이 생겼어요.

yo*.deu.reu.mi/se*ng.gyo*.sso*.yo

長青春痘了。

이마가 넓어요.

i.ma.ga/no*p.o*.yo

額頭寬。

웃을 때 볼에 보조개가 들어가요.

u.seul/de*/bo.re/bo.jo.ge*.ga/deu.ro*.ga.yo

笑的時候，臉頰有酒窩。

장기
內臟器官

例句

심장이 뛰어요.
sim.jang.i/dwi.o*.yo
心臟跳動。

담배는 폐에 해로워요.
dam.be*.neun/pye.e/he*.ro.wo.yo
香菸對肺有害。

술은 간에 나빠요.
su.reun/ga.ne/na.ba.yo
酒對肝臟不好。

신장을 기부해요.
sin.jang.eul/gi.bu.he*.yo
捐贈腎臟。

위가 아파요.
wi.ga/a.pa.yo
胃痛。

國家圖書館出版品預行編目資料

這句話韓語怎麼說 / 雅典韓研所企編. -- 初版. -
- 新北市 : 雅典文化, 民104.01
面 ; 公分. -- (全民學韓語 ; 23)
ISBN 978-986-5753-32-0(平裝附光碟片)
1. 韓語 2. 會話
803.288　　103023090

全民學韓語系列 23

這句話韓語怎麼說

編著／雅典韓研所
責編／呂欣穎
美術編輯／林子淩
封面設計／劉逸芹

法律顧問：方圓法律事務所／涂成樞律師

總經銷：永續圖書有限公司
永續圖書線上購物網
www.foreverbooks.com.tw

CVS代理／美璟文化有限公司
TEL：（02）2723-9968
FAX：（02）2723-9668

出版日／2015年01月

雅典文化

出版社
22103 新北市汐止區大同路三段194號9樓之1
TEL （02）8647-3663
FAX （02）8647-3660

全民學韓語
23

這句話韓語怎麼說

雅致風靡　典藏文化

親愛的顧客您好，感謝您購買這本書。

為了提供您更好的服務品質，煩請填寫下列回函資料，您的支持是我們最大的動力。

您可以選擇傳真、掃描或用本公司準備的免郵回函寄回，謝謝。

姓名：	性別：　□男　□女
出生日期：　年　月　日	電話：
學歷：	職業：　□男　□女
E-mail：	
地址：□□□	
從何得知本書消息：□逛書店 □朋友推薦 □DM廣告 □網路雜誌	
購買本書動機：□封面 □書名 □排版 □內容 □價格便宜	
你對本書的意見： 內容：□滿意□尚可□待改進　編輯：□滿意□尚可□待改進 封面：□滿意□尚可□待改進　定價：□滿意□尚可□待改進	
其他建議：	

總經銷：永續圖書有限公司

永續圖書線上購物網

www.foreverbooks.com.tw

您可以使用以下方式將回函寄回。

您的回覆，是我們進步的最大動力，謝謝。

① 使用本公司準備的免郵回函寄回。

② 傳真電話：（02）8647-3660

③ 掃描圖檔寄到電子信箱：

yungjiuh@ms45.hinet.net

沿此線對折後寄回，謝謝。

廣告回信
基隆郵局登記證
基隆廣字第056號

221-03

雅典文化事業有限公司　收

新北市汐止區大同路三段194號9樓之1

雅致風靡　典藏文化